年輕時軍裝照，左幅曾被相館作為門口招攬生意的廣告

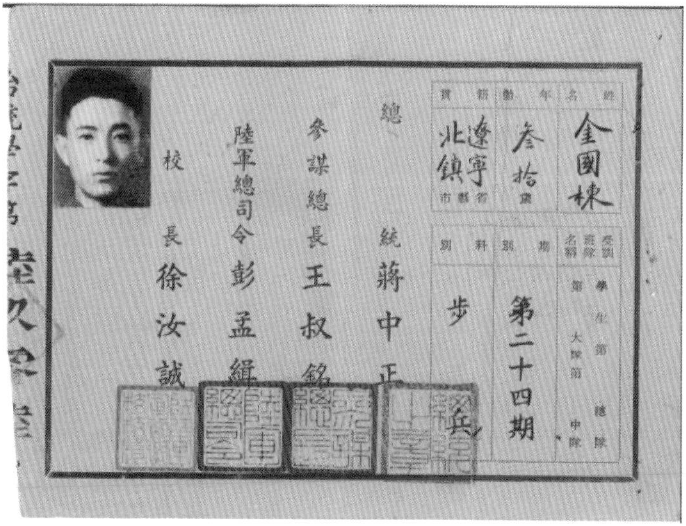

姓名 金國棟
年齡 叁拾歲
籍貫 遼寧省 北鎮縣市
受訓班隊名稱 學生第 總隊 第 大隊第 中隊
期別 第二十四期
科別 步

總統 蔣中正
參謀總長 王叔銘
陸軍總司令 彭孟緝
校長 徐汝誠

民國 47 年 12 月 陸軍軍官學校畢業證書

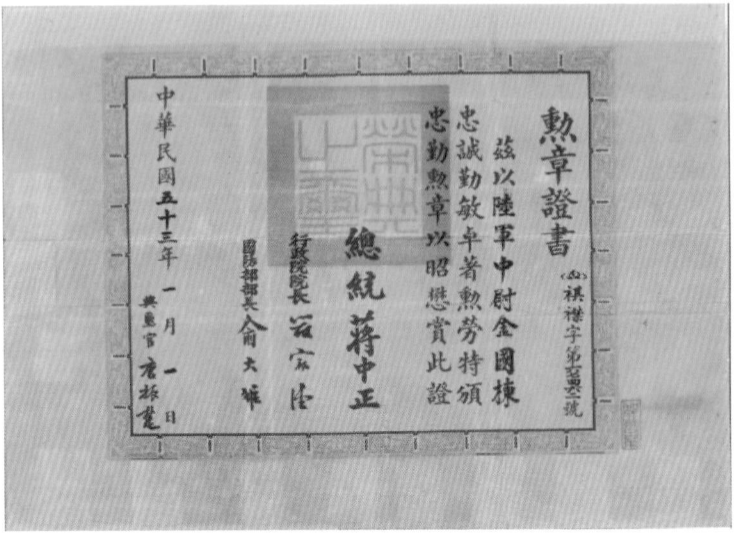

勳章證書

祺襟字第　號

茲以陸軍中尉金國棟

忠誠勤敏卓著勳勞特頒

忠勤勳章以昭懋賞此證

總統 蔣中正

行政院院長 嚴家淦

國防部部長 俞大維

中華民國五十三年一月一日

典璽官 唐振楚

民國 53 年獲頒忠勤勳章

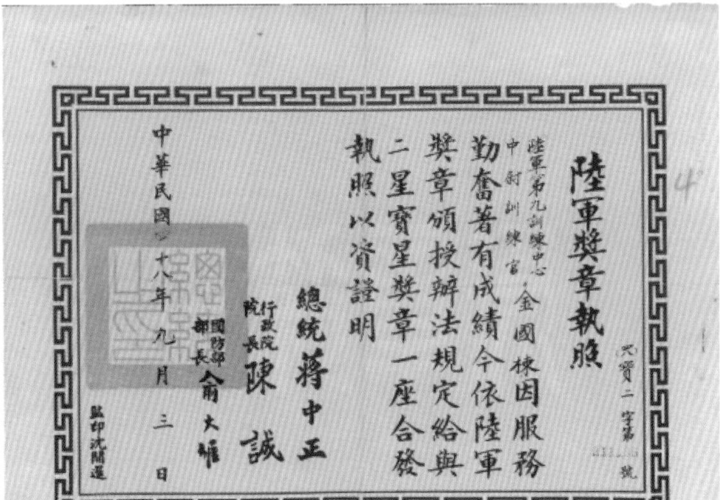

陸軍獎章執照

寶二字第　號

陸軍第九訓練中心中尉訓練官金國棟因服務

勤奮著有成績今依陸軍

獎章頒授辦法規定給與

二星寶星獎章一座合發

執照以資證明

總統 蔣中正

行政院院長 陳誠

國防部部長 俞大維

中華民國四十八年九月三日

民國 48 年 獲頒陸軍二星寶星獎章

第二排左 5 為作者，本幀照片收錄於《從零開始 開拓第二春》中

民國 50 年

與同袍胡志成（前左）、陳冬欣（前右）、李景軒（前中）合影留念

與同袍摯友胡志成及謝庸（左二）、李靜桂（左一）夫婦於圳堵自宅前

民國 109 年南下高雄探望摯友胡志成，見文《了卻了三願！》

民國67年教育行政人員特考及格證書

民國82年退休前，時任台中縣圳堵國小輔導主任

由於在校任職，兒女從小就把學校當兒童樂園

民國 73 年兒童節前夕，頒發模範生獎狀，

與女兒（左一）、兒子（左三）同框

民國 60 年與愛妻詹美桃結婚照

蜜月旅行與老婆攝於南投日月潭

民國 65 年遠兒兩周歲紀念

結婚 25 週年，全家福合影留念

愛妻從事手工加工貼補家用，見文《鶼鰈情深》

民國 109 年攝於高雄，永浴愛河

民國 60 年代攝於蘭嶼饅頭山，

見文《蘭嶼之遊驚魂記》

民國 103 年與老婆、女兒遊花蓮逛太魯閣，

見文《逛太魯閣——憶先賢！》

民國 86 年參加兒子政大畢業典禮

民國 96 年當選神岡鄉模範父親

民國 103 年 6 月 1 日於台中僑園飯店，兒子念慈迎娶兒媳亞琪

民國 103 年 4 月 13 日於台北康華飯店，

兒媳、兒子文定，與親家母余秋女士全家合影留念

民國 79 年首次返鄉，與二哥、二嫂、么妹

攝於醫巫閭山的山神廟─北鎮廟前

民國 79 年首次返鄉，與大姊、二哥、么妹攝於瀋陽大姊家中

民國 90 年二次返鄉，與二哥、姪子姪女輩於阜新合影

民國 90 年二次返鄉，

與姪子金俠儒一家、姪女金素芹夫婦於俠儒家門前合影

民國 104 年三度返鄉，與姪媳婦、姪孫金久斌一家於北鎮市郊合影

民國 104 年三度返鄉，與么妹一大家子四代同堂於阜新合影留念

民國 104 年三度返鄉，與姪子、姪女輩於掃墓後合影留念

民國 104 年三度返鄉，

赴先父先母、二哥二嫂墳前上香，表達寒泉之思，也感謝二哥二嫂對慈母的養老送終

民國 104 年三度返鄉

於北京香山飯店與姪女婿宿秉志、姪女金素杰一家合照

民國 107 年

瀋陽姪女婿李成林、姪女金淑霞一家來台探訪，於自宅前合影

九五老人話滄桑。

金國棟 著

自序

俗云「人生如戲，戲演人生。」我在坎坷不平的生命旅程上，走了九十近五個春秋，算是奇蹟了。我的人生分為兩個階段：一是軍職生涯、二是教育生涯，分述如下。

一、民國三十六年清明節，回家掃墓，翌日返校時母親和兄姊們告訴我好好讀書，不要再回來。土八路抓年輕人，送到很遠的西北方當兵，言猶在耳，四月底我生長的鄉村全部被土八路佔領了。在老師們「國家興亡、匹夫有責」的鼓吹下，和我同命相憐的七十八位高二同學，隨效班超集體投筆從戎！在鑼鼓聲中踏入軍營，擔負起置生死於度外、保家衛國的革命軍人！五月一號脫下便衣，穿上二尺半的軍裝。

三十八年光復節日，於陸軍官校軍官訓練班畢業，隨到野戰部隊任見習官。三十九年元月十五日，第一排袁排長陣前負傷，我臨危受命接任第一排排長任務，於四月一日眞除排長，三十九年四月二十二日，我軍由海南島轉進來台，於四月二十六日登陸美麗的台灣省。記得首先隨部隊駐苗栗的大同國小，六月中部隊轉進高雄美濃鎮整訓到年底，即由美濃轉到新竹縣山崎整訓。總之部隊除了打仗，就是整訓，朝東暮西是家常便飯。

民國五十六年是我從軍二十年，除夕夜萬縷千絲百感交集。一時福至心靈，給當年國防部蔣部長經國先生，寫封陳情書，以三點理由、一點說明請求退役。理由一、學經歷：我擔任過排長、副連長、代連長、訓練參謀、教官等職。二、功過：三十六年四平街保衛戰，我當選戰鬥英雄，和在台灣一位羅重毅將軍同一人事令，羅將軍獲頒干城甲種勳章，我獲頒干城乙等勳章。另還獲頒國家忠勤勳章，是請求退役的資源。三、我是學生從軍，服務軍職二十年，應准予退役為是。一點說明：不求升官，哀沒大於心死，官升三級，亦無動於衷。

我的陳情不過百餘字，蔣部長以十個字批覆陳情書，請交陸總辦理，祝平安。我高興得連喊三次退役了！退役了！結束軍中滄桑史。

二、教育生涯：在軍中從未忘記退役後，從事先人志事教育志業，因我本生長在耕讀之家，父祖皆從事教書（私塾），從軍前我也是兄姊兒女們的小老師，那時大姊大哥均各有三個兒女，二姊兒女各一，二哥有一在襁褓中的女娃，四年前，當年在襁褓中姪女，一家三代五口人，以自由旅行方式來台灣看我，住一日一夜後離開了。為了教書，軍職退役後，就報考花蓮師專師小訓練班，由輔導會教育中心代訓，去訓班目的是學注音符號ㄅㄆㄇㄈ。因我看過《史記》孔氏世家尾段一書，對孔夫子提倡平民教育，他的學不厭、教不倦、因材施教、有教無類、身教重於言教等是我從教的指南針。因此期末考試，我是關關難過、關關過，取得國小教師資格，自選擇台中縣圳堵國小任教。

我雖已在坎坷不平的生命旅程中走了九十近五春秋，迄今每天仍走近兩公里路，何時停止？我人不知生，焉知死，從沒把生死放心上。半下流社會小說作者，有首五言絕句詩：天是棺材蓋，地是棺材底，喊聲時間到，我在棺材裡。另首是《四庫全書》總編輯紀昀字曉嵐：人生觀奕二者同，人生即置奕盤中，輸贏勝負平平事，來時空空去空空。學者對生死豁達，我也如是矣！

目錄

第一篇章——金戈鐵馬

必死不死的體驗

「中國一定強，中國……看那八百壯士死守……。」這是八十八師官兵，都能哼上兩句的歌。我就是八十八師二六四團八二迫砲連的新兵。從軍四十多天，就躬逢震驚中外的——四平街保衛戰。戰事慘烈，如武俠小說描寫的屍骨成山、血流成河。戰後報載，雙方死傷達十四萬餘，因共軍用的是「人海戰術」。

雖不知我方死傷多少，但我們一起從軍的七十八位，分發戰砲連卅人、迫砲連卅人、通信連十八人，只剩廿七人，其中分發戰砲連的全犧牲了；因其駐地被敵三八野砲擊中，全連一百廿多人，據說只十六人生還，且多是炊事房戰士。

我一當兵就從上兵起薪，在連部任文書上士助手，不久就被派代副班長，負責火砲瞄準：因瞄準手需有數學基礎，且心算要快。連上一四七和二五八班爲砲班，三六九班爲彈藥班，我是第七班。

在一次陣地轉移，第八班的砲座鈑和砲身，丟在原陣地不遠處，因負責的戰友陣亡，只有砲架帶回來了。武器本軍人第二生命，但那時等於第一生命。連長命第三排余排長，挑選六人奪回，我是其一。彼時敵方火力，已封鎖陣地。在槍林彈雨中，我連滾帶爬衝出，再抱著砲身滾回；事後見砲身兩處被槍彈擊中痕跡，我竟毫髮無傷，算是祖上庇護，所以常說我是死處逢生的。

第八班彭班和李榮閣也拖著砲座鈑爬回。另三戰友二陣亡、一負傷不久也往生，而余排長腿挨一槍。故戰役結束，全團八位受勳者，我連四位，就是搶回迫砲還活著的。

四平街保衛戰，打了四十多天，我軍逐步縮小防禦圈。迫砲連本多在第二線，到緊要關頭，也分派部分戰士，填補步兵不足的防禦缺口。

保衛戰戰況激烈，敵我均傷亡慘重，令人不忍卒睹。

七月中旬，戰事結束，連上參與清理街道和大街小巷；軍用大卡車一輛輛穿梭，一車車往外載，可能是運往適當地點，築成萬人塚吧？

四平街保衛戰結束，七十一軍長陳明仁將軍中外馳名，隨即調升某軍團司令，可算一將功成。七月廿六日，我也接到一紙授勳令，附受勳名單，團內有八位受勳。首位是副團長羅重毅中校，授干城甲種通用獎章；次是三營利營長、第八連連長和一位排長；再次是我連余排長，授寶鼎勳章；彭班長、李榮閣和我，授干城乙種通用獎章。但我們都高興不起來，腦海都時時繚繞那些壯烈犧牲的同學們，以及連生死都不知的親人。

廿年的軍旅生涯，多次在槍林彈雨打滾，跑了幾趟鬼門關！然閻王老爺似說我責任未了債未清，打了回票。「必死不死，倖生不生」應驗我身，因每到戰場，腦中只記任務，不知生死，曾歷幾次大難，皆化險為夷。如今虛度七六寒暑，人家還送我個健康老人雅號，能不快哉！

見刊於民國92年4月23日《榮光周刊》，並收錄在行政院國軍退除役官兵輔導委員會於民國93年發行之《路長情更長》一書中。

革命情誼

若換個地方與時間，一個穿了廿年二尺半的人，一旦奉命解甲，那該是件天大的喜事！可是在河山未復，親仇未報的今天，我脫下了軍裝，不免使我有些悵惘若失的感觸，與份戚戚然的輕愁！我想凡從大陸來臺的同事和長官們，可能都有此同感？不過，我從不拖人下水的，何況這又是國家的制度，誰也不能徒呼負負的。

在我奉到命令辦理退役時，我們的代指揮官派人去找我，當我去晉見他的時候，他把我要退役的情形，摘要而簡明的指示了我，隨即以滿含關心口吻，垂詢我退役以後的計劃，以及準備從事的工作。在我向他告退時，他再三的叮嚀我，若有困難時，隨時向他報告，他會盡力爲我解決……等。翌日，主任又派人去找我，當我見到主任，我的右手尙未落下，他已開了腔：「你要退役啦！」繼說：「派人找你幾次了。」我聆聽主任話後，以存疑的口吻向他請示：「主任找我有事嗎？」主任以滑稽的神情說：「你看，你看！馬上要退役啦，一個人到那裡去住，要做啥工作？都該有個計劃呀，我眞爲你著急。」停停又說：「找你來是問你願不願在福利社工作？若願意的話，就在福利社，給你安排個工作。」聆聽主任話後，誠如他所說，他對我這即將離開軍隊部下的未來，比我自己還著急與關心。代指揮官的一再叮嚀，主任爲我未來而著急與關心，人非木石，不能不使我由衷的激起份感激的熱忱。

不過，我的性格近乎有些倔強而怪癖，有生以來，很少開口告人，也不願接受他人的施惠，所以長官們對我的關心與照顧，我除由衷的感激之外，並沒有向長官們祈賜任何所需，並婉謝了給我安排的工作。其次是在我的觀感中，我認爲長官關心照顧部下，是長官們至高無上的情操和權利，就像下級要服從上級，低階見到高階得敬禮是同樣的意義，因此，在我離開時，我內心中沒有啥不安與愧疚的。但，使我念念難忘與不安的，是在離職前我那個生活圈中，諸位革命夥伴們，對我的照顧，他們一不想沽名釣譽，二無利害之求避，三不擺排場，四不講形式，但卻以十二分的熱誠，給予我莫大的關照。當我退役命令到達時，有的爲我棲身之所而籌策，有的爲我未來工作的得失而分析，有的爲我用錢而關照，有的……等。那份關心、那份照顧、那份熱情，和那份革命的同志愛！將是我有生之年，也無法忘懷的。

綜上所述，一言而括之，自從我填報退役表後，到離職那段日子中，各級長官和同仁老哥們，對我的關心與照顧，打個譬喻，那就是長官們把我當個即將出嫁的傻丫頭似的看待，告誡訓誨我誠以待人、眞以對事的立身處世之大道理，唯恐我這傻丫頭到了夫家（社會）受人欺凌，同仁老哥們，也把我視做個即將遠遊的小弟弟般看待，指示我要飛的航線，告訴我要走的途徑，唯恐我迷失前進的方向。

斯情斯景！在一個月後的今天，又是軍人節的夜裡，追憶起來，使我有無限的感慨！但學無基礎，又是久拿槍桿，實難道出我感激之情於萬一，於是只好以偷天換日的方式，借用孔夫子幾句話：「大哉！堯之爲君也！巍巍乎，唯天唯大，唯堯則之！蕩蕩乎，民無能名焉！」以表示感謝各級長官和革命夥伴們，在我退役前那段日子中，照顧我的那份無微不至的——革命情誼！並遙祝我的長官們，和夥伴們都能功成業就，多多施惠予兵，使兵無能名焉！

見刊於民國56年9月27日《干城報》

老兵話滄桑！

九十八年四月，國防部賣官一事，鬧得沸沸揚揚，該部發言人說將徹查，定給國人一個交代等……而我當時就給了交代，到時將以查無實據，不了了之。果然事發週年，該部發言人說查無實據而結案了。因軍中賣官，冰凍三尺，非一日之寒，行之有年了。因我在軍中待了二十多年，是親身歷劫者之一，詳情待後敘。

一〇一年十一月十九日，民進黨前主席施明德先生，在聯副上發表篇「拜鬼與油呷粿」大作。我拜讀多次，時皺眉、嘆氣，和無奈都有，施文中所談的人事物，雖不是我，但多曾見聞過。例：撿中共傳單獲罪，問拜回（星期幾？），卻給扣頂「拜鬼」的帽子而定罪，我有深刻的體驗。我曾因世界末日到了的玩笑話，被記過一次，收音機扭錯頻道，收到對岸廣播，被申誡一次，氣得我把小收音機砸了，以絕後患！

另次險些出了大紕漏，是因一位中尉屆齡退休，他不願退，請求以軍爲家，但上級不准，致使其神經錯亂。政戰處主任于上校到寢室安撫時，我也在場，隨問主任，國防部不是號召軍人要以軍爲家嗎？X中尉請求以軍爲家，上級爲何不准？主任回說：屆齡退休是國家的制度，軍中要新陳代謝……一聽，打抱不平傻勁又來了，隨說這軍隊不等於妓女院了嗎？年輕妓女留著當搖錢樹，年老色衰時，就被趕出來去……我說完，陪主任的課組長們，臉都嚇白了。主任沒有答話，就走了。五分鐘後，傳令戰士來找我，說主任請我去一下。

平時喜看法律方面書籍，以前憲法一百七十多條，有關人民的權利和軍人的權利義務條都會背，也翻過民刑法，比較憲法也看兩本，懂得很多法律常識。恰巧于主任是朝大法律畢業的。在他問我問題時，多以有關憲法條文作答，我們交談五六分鐘，主任離坐走到我跟前，拍拍我的肩膀說：「老弟！我們關著窗戶說，現在是非常時期，若一切依法行事，很多事行不通……」說完，說你回去吧。

回到寢室，同事們問主任找我作啥？我回句閒聊。然我知道說「軍中是妓女院」是大忌，險些出了大紕漏！幸遇位仁慈沒有滴點官僚氣息的于主任，我們交談後，主任了解我理念，加上我的法律常識救了我。隨後請求外調，上級知我去意甚堅，隨將我調一同級單位，仍任教官職。

前言曾說軍中歷劫事，現在談下軍中的滄桑史：我是高二學生從軍的。三十六年四月家鄉淪陷，老師們以「國家興亡，匹夫有責」來鼓吹，我們七十八位同學一起投筆從軍！到軍中各自發展。我於三十八年十月畢業於軍官訓練班，十一月一日分發部隊任見習官。

三十九年元月十五號，一排排長負傷，我被派代理排長，同年四月一日眞除排長。同年四月二十六日晨，隨部隊踏上這反共復國基地的台灣！

民國四十二年十月奉調後方訓練基地，仍任排長。四十五年元月一日，升副連長並代理連長半年。四十六年元月一日，奉調指揮部任訓練官。當向營長辭行時，營長鼓勵的說：「你是優秀副連長，到指揮部轉一轉，升了上尉，營內連長調整時，回來接連長……」營長鼓勵的話，銘記在心，從未向他人言。

同年二月底，爲簽辦一件公文，與指揮官意見相左，我依上級函示簽辦，指座不批，且命我依其口諭辦理，但違背上級函示宗旨，而無法交代。故仍依函示簽辦，然指座不但不批，竟拍桌子斥責我！而我有個棗木棒子，寧折不彎的性格，從不盲目服從。隨將卷宗擱在指揮官桌上，並說「口說無憑」，請指座批示，以便辦理，隨回自己辦公室。

預感那句「口說無憑」，可能傷了指座尊嚴，更傷了自己。果如所料，同年七月底，年度晉升人員人令下來了，但晉升上尉名單中沒有我。經密查辦晉升時，我的考績被改了，由原八八點七分，改爲八八點三分，而晉升名額到八八點五分止，我被踢出晉升者之外，等於官場現形記中的重演。是指揮官授意？還是賣官小組搞的鬼？則不得而知。早有所聞，指座夫人、人事官及打字小姐（人事官太太）三人爲賣官組成員。打字小姐當掮客，夫人是總裁。我的上尉是不是被彼輩賣了？只能將疑結存在心中。有謂「看破紅塵驚破膽，滲透人情寒透心！」我有些寒心，因此，我誓志有生之年絕不升國家上尉，當個軍中的方外人，終日裝呆賣傻扮低能者。

我不想再等升上尉，是自知我的耿介性格，不適軍中生存。倘一旦遇到居心叵測、貪得無饜的所謂長官，我無意中阻礙他們斂財之路，給扣頂莫須有的抗命帽子，輕則是牢獄之災，重則小命難保，可能早就當了故洪仲丘士官的先行者了。

世事難料，人生無常，我調離基地不久，老同事告知，指揮官被檢舉十幾項弊端，賣官是其中一項，餘者也不是空穴來風。因此，指揮官被貶調離。他可能想升將軍的希望渺茫，於是鬱悶而終其生，不免令人嘆惜！而人事官是積勞成疾，或積錢成堆？壯年而往生另域。其遺孀無所事事，開著名車到處趴趴走，同事們送她雅號——風流寡婦！風流到何程度，不得而知。不過，我在基地期，她就和某連長鬧誹聞，致該連長被外調。她獲風流寡婦美名，應是慣性使然！有謂人在做，天在看，人事官生前倍受主官呵護，往生後尚有綠帽戴，應是上天給他的酬勞吧。算是我軍旅生涯滄桑史中一段插趣。

五十六年是我從軍二十年，同年春節夜，有謂人逢佳節倍思親！在百感叢生，萬念齊集下，一時福至心靈，隨提筆給當時的國防部，蔣部長經國先生寫了封信。在信中將學經歷，及二十年的功過均條列信中。但特別強調不是求官，只說當年本匹夫之責，光明正大踏入軍中，現只求清清白白離開軍中，另謀報國之途，願足矣。

上部長的信，同年四月得到回音，陸總部來了一紙公文，命我辦理依額退休。看到命令的刹那間，有如喜從天降般高興，默念數次南無阿彌陀佛、蔣部長萬歲！也曾收到部長用簽的函示，惜未保存下來，因離軍中時，爲保密，將軍職文件燒光光，只留初任官及退休令和官校證書。

我之上書部長請求退休，我有說話的本錢，因軍旅二十年功多於過，並獲頒兩枚勳章，是最大的本錢。一是四平街保衛戰時，立下戰功，獲干城乙種勳章，和在台的羅重毅將軍同一紙人令，羅將軍獲頒干城甲種勳章。二是我還獲頒忠勤勳章一枚。軍中二十年能獲頒兩枚勳章者，可能有，但不多。二十年軍職，當了十七年零九個月軍官，中尉幹了近十三年，有！但也不會多。尤其我平戰兩時，都獲頒勳章者，是請求退休的本錢和根源。

八月二十三號正式脫下二尺半，換上舊時裳，清清白白走出軍營，二十多年的軍旅生涯——滄桑史劃下句號。

九月三號在街上散步，看見些慶祝軍人的標語，情有所感，當晚寫了約千字小文——革命情誼！投給預訓部辦的干城半月刊。高上尉建軍兄給我的信中說，拙文刊出時，教官組同事們，搶著看並傳閱。拙文並無警世之語，我想是老同事們好奇與訝異，一個癡呆的低能者，離開軍中十天後，能在報刊上發表文章，使他們感到意外，故而好奇而搶著看吧！

一次回原部探望好友時，識者均向前握手打招呼，有的說我們作家回來了，我回句應說傻瓜回來了，說完大家都笑了!這是後話。

寫於民國102年09月

老怪絕響！

我（筆者）是在耕讀之家長大的，童年時父祖都是教書先生（私塾）。不曉得哪代祖先留下的庭訓——孝悌、忠信、實踐四維，長大始知四維指的是禮、義、廉、恥。簡言之，我的家族重視家庭倫理和社會倫理，無論做任何事，絕不可違背倫理的。

俗說人無外號不發家，我沒有發家卻有很多綽號，如帥哥、怪人、老怪、金老怪！民國四十二年十月由野戰部隊調南部一個訓練基地服務，那是個有廿四個連隊的基地。爲了官兵生活所需方便，營區內設置三個福利社。各部門爲招攬生意，都請有五官清麗、花枝招展的店員招攬生意。我偶爾和同袍們逛逛福利社，小姐們看到多喊我帥哥排長。我有多帥已則不知。幾年前晚上在散步時，後面跟有三位女士，走了一圈，後面一位女士突然喊聲——老帥哥！我很訝異的停住腳步，轉身問其爲何叫我老帥哥？她答內心激發的，另位是校友跟著說，老帥哥是老師實至名歸，在學校老師給我們上課時，我們都說老師好帥，但我們不敢講而已。

我是很少整修門面者，連拍結婚照，也未整修門面，還被相館小姐酸了兩句。以前軍中士官兵不能結婚，軍官要年滿廿八歲才能報准結婚。在民國四十年代中期，正是「窈窕淑女，君子好逑」期。營區內外到處皆是談情說愛的氛圍，而我從未與人道過，萬里外的故鄉有位和我六載同硯的文定人，我們是下白首之約。因此，我從不和長髮人交往，於是同仁們多說我是怪人、老怪、金老怪！

而金老怪，是民國四十六或四十七年間，一位武俠小說作者——臥龍生，在《中央日報》副刊連載《紫衣少女》長篇，書中男主角徐元平，女主角即紫衣少女，還有位金老怪！其文刊出後，我那個基地等於鬧了次五級地震。因認識我的人，也都知臥龍生，因其在離軍職前，在一起吃過大鍋飯，他也是喊我怪人者之一。

軍中也有軍中倫理，喊我金老怪者不多。幾十年一向喊金老怪者只兩位，一是當排長時連上特務長（改行政官）故鄧雄先生，另一位就是故謝庯先生。謝庯和我相交六十多年。中年輕時我倆喜歡翻書，他連上大號都蹲在廁所啃英文。而我喜歡看穆穆先生發行，故前中央研究院長胡適先生題字的《古今文摘》。教職退休後，在各報刊上發表五十多篇小文，就是那時打下根基。而故謝庯離開軍職，就考入師大外文系，和其遺孀李靜桂教授是班對，畢業後就結爲連理，以後在工作中交互自修，先是李教授修碩士，之後謝庯修碩士後，李教授考取公費赴美攻讀博士，學成回國即在各大學擔任教授工作。

一〇六年九月三號近中午時，李教授打電話給我，說金大哥，謝庯昨天走啦！晴天霹靂，愣了剎那說以後再也聽不到喊金老怪的聲音了，李教授說你可寫篇——老怪絕響！我順口回句好。今天寫此拙文，一是踐諾，二是向相交六十多年的故老友致歉，因九月八號那天是拙內動過九小時大手術後安排回診的日子，未能在故友告別式那天送他最後一程。李教授說逝者已逝！先救活的要緊！拙內的復健工作，現仍在繼續中，不管如何，我仍要說句，對摯友故謝庸先生致一百二十萬分歉意。

寫於民國107年07月

了卻了三願！

一個月前，女兒告訴我，今年父親節去高雄過，我問去哪麼遠作啥？女兒說爸沒坐過高鐵，這次高雄行，就來個台灣高鐵初體驗。二是去看胡伯伯，這句說到我心坎上，是民國四十三年元旦起，我和胡兄在同一連當排長，一晃六十六年，以前我倆每月互打電話說各所見聞趣事。但三年多前，我打電話去，胡兄說耳朵聽不見、不講電話了。

八月七號下午女兒從台北回來，和我說打電話給胡媽媽，八日下午四點左右去看胡伯伯。八號下午兩點多，我們到左營，即坐車住進國賓大飯店，休息會就坐計程車去看胡兄，到合江街下車，看見胡嫂在她家門外等我們，她看到我們時，聽她喊聲老胡，金先生來了。我走進客廳看到胡兄坐在輪椅上，我倆握手話往事。胡兄二兒子阿祿夫婦從樓上跑下來，阿祿喊金叔叔！我爸知叔叔要來好高興，我回句我也很高興。

我和胡兄談往事，阿祿和我兒女手機拍不停，我們兩個老人成了模特兒，擺各樣姿勢給他們拍照。時間過得好快，一晃已五點半多，是我們回飯店的時候了。隨和胡兄依依不捨話別，阿祿說金叔叔父親節快樂，我的兒女說胡伯伯父親節快樂！阿祿又說我爸明年慶百歲壽，叔叔要來！明年我也九十五歲了，沒有兒女陪伴，想去是心有餘而力不足，沒敢說去。此次去看胡兄，算是了卻我一心願。

此次兒女還帶我到美濃國校一遊。民國三十九年七月間，隨部隊到美濃鎮整訓，那時沒營房，部隊皆住各學校教室，我連住美濃國校，我挑住三年乙班，老師林某某。一晚放學時小朋友往教室地上灑水，我叫不要灑水，小朋友卻說老師告訴掃地先灑水，我說請妳們老師來。

林老師來問你們排長呢？我的傳令兵是海南島人，和林老師講兩句方言，林老師問你是排長？我點點頭，她左手搭在自己香肩上，右手指我上衣問你們當官的上衣有肩戴官階，你怎沒有？我反問你們女老師都是燙髮的，你怎沒燙？她說今年師範畢業，暑假剛來這教書。我啊聲說，我和你一樣，以前是見習官代排長，六月一日才眞除爲排長。她聽後，彷彿我倆同命相憐似的。她又問她講桌下有套行李是你的嗎？我點頭並說可不要往上灑水，她回說不會。以後常看見放學時，林老師常拿掃把掃講台，我暗謝她。我倆相談甚歡是段有趣的插曲，若說有情是友情，絕不是愛情。而她若健在，今年已是八十八、九歲的老嫗，願她健在祝福她！今年過了個別開生面五色繽紛的父親節，也了卻我多年心願！

見刊於民國109年10月19日《聯合報》

第二篇章——春風化雨

淺論師道

再兩天，又是至聖先師孔子的誕辰了，也是國定的教師節日。國家以孔子誕辰定爲教師節，我想只要讀過幾天書的人，都曉得箇中的意義：簡言之，孔子是我國提倡本民教育的始祖，也是我國前無古人，後無來者的教育思想家，再擴大點說，孔子也是東方，乃至全世界最偉大的教育家，和教育思想家，所以國家才把孔子的誕辰定爲教師節。一是紀念這位萬世師表人格的偉大，一是啓示現任教師們，能藉此體認自身職責的神聖。因此，我忝爲教師的一分子，在自己節日前夕，談談我對「師道」的管見，希能藉此收些許拋磚引玉之效，我願足耳。

在一般人的口頭禪中，都說——尊師重道，而我何以只論「師道」，不談尊師呢？所以我得聲明下，我之不談尊師的理由有三：一是我忝爲教師一分子而談尊師，不免有邀功之嫌；二是今日的社會人心，及國家的施政方策，若談起尊師來，不免會使從事教育的人心寒齒冷，故而不談尊師，以免撩起舊創；三是孔子一生最足以表現其人格偉大處，就是他的師道，所以我只論師道，而不談尊師。

我們討論師道之前，得首先了解孔子的教育思想、宗旨、方法，及其勇於檢討自己的過錯處，以做吾人效法與借鏡，謹分別簡述如下：

一、孔子的教育思想：孔子是提倡平民教育的始祖，其教育思想，一言以括之，其「有教無類」是其教育思想的最好說明，普及化與平民化。

二、教育宗旨：是想造就一批多才多藝，有為有守，經國濟民的人才，以匡治周末時期「毀法亂紀」的社會。所以《大學》一書中，開頭就說：「大學之道，在明明德，在新民，在止於至善。」這幾句話的簡釋：「明德」——就是完成人格，孔子認為人，皆有一種天賦靈明的德性，教育的目的，是使人修明天付靈明的德性，不為氣質所移，不為外物所惑，才能完成修己工夫，與完成人格。「新民」——就是造福人群，孔子認為讀書人，修明德性，完成人格後，應推而廣之，以造福人群為是。「止於至善」——就是追求眞理，孔子認為讀書人完成人格，與造福人群外，要能追求眞理，及死守善道，不要見異思遷。而達到修、齊、治，平天下的目的，完成「內聖」、「外王」的大同之治。

三、教育方法：

（一）以身作則，孔子施教，是以德性為主，而德行的陶冶，則身教重於言教。孔子說：「其身正，不令而行，其身不正，雖令不從。」這足以表明他的言行一致，於是他的弟子們，亦就自動的「孔步亦步，孔趨亦趨」了，此為「以身作則」的宏效也。

（二）因材施教：子路和冉有二人，一前一後去問孔子：「聽到一件事該作，就立刻去作嗎？」孔子答子路：「有父兄在上，應該請示後再去做。」；而答冉有便說：「是的，應該立刻去做。」這是因子路性格好強，而冉有性情遲緩，所以孔子答覆不同，這是「因材施教」的明證。

（三）相機啓發：孔子教學善用啓發式，使學生反省體認，自悟眞理，孔子說：「不憤不啓，不悱不發，舉一隅，不以三隅反，則不復也」《論語．述而》，這幾句話的意義，是在說教者與學者要配合起來，教師要隨時觀察學生用功程度和教學的反應，不可一味的塡鴨式注入。

（四）循序漸進：教材有難有易，教學時應由淺入深，先具體而後抽象，循序漸進，才能引起學生興趣，逐步深入，相悅以解。所以顏淵說：「夫子循循然善誘人，博我以文，約我以禮，欲罷不能，既竭我才，如有所立，卓爾」《論語．子罕》。「循循然善誘人」是孔子施教方法；「欲罷不能」則是顏淵學習的反應，亦是孔子教學的效果。

四、孔子勇於檢討自己錯誤：宰我和子羽同時受教於孔子，子羽其貌不揚，言語木訥；宰我能說會道，並儀表堂堂！於是孔子偏愛宰我，而冷淡子羽。後子羽離開孔子，並自己苦學成名；宰我雖也學成，但不久在齊國作官，朋黨作亂而被殺。孔子得知後，曾說：「以貌取人，失之子羽」《史記仲尼弟子列傳》，這是孔子勇於檢討己過之處，亦是他的坦誠處的表現。

綜上所述，我們在紀念萬世師表誕辰之日，我們應當效法至聖先師的偉大人格，發揚其爲人師道的思想，從教育著手，提高國人的人格，以匡濟世道，振奮人心。韓愈說：「師者，傳道，受業，解惑也」。荀子說：「有師有法，人之大寶；無師無法，人之大殃。」由此可知爲人師者責任的重大，尤其在世風日下，人心萎靡的今日社會，我們應抱有「洪流救溺」的胸懷，爲了國家，也爲了自己，負起培植民族幼苗的責任，以盡「師道」的天職，並盡人生的本務，才不虛度此一紀念日，也才不虛此一生也。

見刊於民國59年《中堅月刊》

苦中樂！

在經濟繁榮的今日社會上，吃死薪水的教育人員的窮苦，是國人所公認的，當小學教員的窮苦，還得加個「更」字，更是名符其實，一般人所謂窮教員，多指小學教員而說的。但，我對這窮教員，卻幹得津津有味。說句宿命論者的調調，可能是命運注定我該窮苦，或是我的本性安於窮苦，不然是我喜歡這份——苦中有樂的情趣！而最得意的，每天所得來的樂趣，都是以金錢買不到的，而是由給予者發自內心的。所以對這窮教員，始終苦而不厭；樂而不倦。這樣說，可能有人不表苟同。不願苟同者，也不算不對，因「鍾鼎山林，人各天性」。

由於兼任學校訓導工作，每晚放學後，多在街上轉轉，目的在看看放學後，有無學生不回家，在街上逗留的。昨晚又如往常一樣，當我漫步經過一條僻街時，忽聽：「老師好！老……。」舉目搜視下，喊聲發自一棵榕樹下幾個小朋友處，於是我也回答句：「小朋友們好！」並向穿著制服的瞄了眼：是一年丙班的學生，他們是上午課，我心裡這樣自語著，腳下仍漫不經心的向前移動著。在我繼續前進時，又聽到那幾個娃娃在討論是非了，一個說：「老師好不對，現在是晚上，要說老師晚安才對。」另個說：「是他先說的。」「……」由於聽到他們在討論問題，我的腳步也就本能的慢下來。隨即聽後邊劈嚦叭啦的跑步聲，及喊：「老師晚安！老師……。」我回頭一看，啊！小朋友們追來了，「更正」他們以為說錯了的話來了。這時我情不自禁的站在那兒，情不自禁的說：「不要跑！不要跑！老師在這兒等你們！」他們跑到我跟前，就把我圍起來，個個仰著小蘋果臉，嘟著小嘴，七嘴八舌的向我訴說：「老師！現在是晚上，老師……。」他們搶著更正說不對，要說晚安……。聽得我心花怒放，笑的嘴沒空合攏了，於是心裡在說，天眞無邪的孩子們，實在太可愛了！我邊哼哈著聽他們的話，邊用手撫摸每個小腦袋，並說：「你們都沒有錯，都乖，都懂禮貌……。」他們聽我話後，高興得手舞足蹈的跳起來。完了，一齊揚著小手，說：「老師再見！老師……！」又次小鳥歌唱似的，邊喊邊跑回榕樹下玩去了。

在刹那間，一天工作的疲倦，被他們那稚氣童言，驅逐得一乾二淨。在那兒站了下，看他們又玩起來了，才轉身踏著夕陽的餘溫，帶著愉悅的心情回家。當回到舍下時，一進門，妻就問：「今天有啥好事？這樣高興！」我怔了下，隨即明白：定是我臉上仍刻畫著，剛才那幕喜悅尚未消失！於是我玩笑的說：「好事天天有！」並把三分鐘前的事說給她聽，妻聽我吹說後，也感染得笑了。大概又在笑我這窮教員，終日在黃蓮樹下彈琴，苦中尋樂了！

見刊於《台灣新生報》新生副刊

螢火蟲的燐光雖微小，卻能與天地同在

一個國家或社會的進步，首賴全體同胞，無論在思想上或生活方式上，皆能隨著上時代巨輪不停的向前滾動才行，今天我們處在科技日新月異的時代中，若想不被時代所淘汰，與眾人不齒的社會人渣子，惟有不斷的充實自己，吸取新的知識，除此之外，一切都是空談。

深信今日的社會上，各行各業中的智者，以探討新知爲旨趣的人士，絕對不在少數，但多有似海上孤舟，獨自航行，在茫茫大海中，不知何方可靠岸，於是有時由於缺乏外力的支援，和也無良師益友的提挈久而久之，不免會有倦怠之情形，此是常人的常情，故而多學無所成，甚至半途而廢，也大有人在，不免令人惋惜。

今學區內愛好求取新知的賢士們，在志同道合下，組成了個——螢火蟲讀書會，彷彿是自許螢火蟲的燐光雖微小，卻是夜行者的導引者，其光亮是永恆存在的。因此，讀者冒昧的給它戴頂高帽子，斯讀書會有似個——小型的國際港口，正可廣納來自四面八方，海上的獨自航行者，套句蘭亭序中的詞，現在讀書會中是群賢畢至，愛好讀書的朋友們，在進德修業上，有了互切互磋的益友，亦有良師的指引，對於欲吸取新知者言，必能學有所成，所期望也能美夢成眞。若以佛家語來說，學區螢火蟲讀書會，算是個普度眾生，功德無量的組合體，的確發揮了書香傳情，豐富人生的功能了。

簡而言之，螢火蟲的燐光雖微小，卻能與天地同在，讀書會雖初創也發揮了國際港的功能，廣納了獨自摸索的夜航者。因此，螢火蟲讀書會的創立賢士們，你們是群令人敬佩的工作者。爾今爾後，各位要堅定自己的理念，與堅持自己信念，天下沒有白吃午餐，卻也沒有努力耕耘者，得不到預期收穫的事。

——賢士們，努力吧！——

見刊於《螢火蟲讀書會創會會刊》

國小老師待遇、工作量因地而異　臺省教師心中有怨

近來在電視新聞及報刊，多次看到財政部王建煊部長，談論納稅的公平性，重點是要廢止國民中小學教師和軍人免徵所得稅一事。個人非常贊成，因納稅是國民的義務，也是榮譽！

中華民國目前能實際行使行政權的地區，只剩金、馬、臺、澎四個彈丸之地，但在這四個彈丸之地上，有同樣學歷，服行同樣教育的人員，待遇卻不一樣，勞逸也不平均，您能說這是「公平」嗎？

尤其王部長一再強調公平，個人尤感振奮，因我是臺灣省的國小教師，從事教育工作二十多年中，始終在「不公平」的環境中工作，這不是無中生有與胡扯，有事實如下：

例如，臺北市國小教師編制員額，每班早已一點五位教師，高雄市是一點四八位教師，但臺灣省到本年度才提高到一點三五位教師。臺北市兩個班是三位教師，臺灣省是三個班四位教師，並且臺灣省國小班級教師雖少，但班級學生人數卻比臺北市多得多，在工作負擔上，很明顯的勞逸不均，此為「不公平」之一耳。

因此，個人看到王部長發表「公平性」的言論後，感到振奮，也引起我「也談公平」的動機！

見刊於民國79年9月23日

學校風光

台中縣圳堵國小／本校訓導主任金國棟老師於元月十一日接到教育局魏乾元先生電話通知，祝賀本校雙喜臨門：本校林金環老師參加保防演講，經初賽、複賽、決賽，連闖三關後，榮獲全縣教師組演講第二名寶座。六年丙班金家寧同學參加保防論文比賽，榮獲全縣國小學生組第三名。金主任於翌日朝會時，報告這一個好消息，全校師生一致鼓掌致賀。

見刊於民國73年《國語日報》

台中縣圳堵國小／本校第十一屆校友，日前召開同學聯誼會，與會同學聯合贈送學校一部電腦，由訓導處黃昭信主任接受贈予。誠如校友代表所說，他們送一部電腦，是懷念昔日老師教誨的辛勞，除了感謝師恩，也有啓示在校學弟學妹的意思。

返校日欣聞生管組長王文進老師，於暑假參加國中生物科教師甄選，以優異成績金榜題名。同仁均對王組長的更上一層樓，致以深切的賀意，而對即將失去工作上的好夥伴，也不無惋惜。

見刊於民國79年8月18日《國語日報》

台中縣圳堵國小／本校六甲鄭富櫻同學，參加全縣國小組民主與法治漫畫比賽，在兩百多名參賽的小朋友中，榮獲第二名。朝會時校長特頒發獎狀和獎品，以資鼓勵。

本校幾位年輕的同仁，擅長各種球類，於上週組隊參加縣長杯手球賽，結果一鳴驚人，榮登男子教師組冠軍寶座。

總務處王明師主任，特別關心小朋友的安全，時常檢修校內體育器具及設施，稍有安全顧慮的器械，即加以整修。近月來除了檢修外，並把所有體育器材重新刷漆，使校園有股煥然一新的氣象。

見刊於民國80年2月11日《國語日報》

中縣圳堵國小／好的開始，成功的一半。開學十天來，本校喜事連三：一是陳麗霞老師參加自製教具比賽，獲得「社學科」全縣第二名。二是謝美麗老師自製「音樂科」教具，及當場演示教學，榮獲豐原區的冠軍。三是本校兒童籃球隊，在鄭瑞成和江大吉兩位老師，半年來的悉心指導下，於上週六參加比賽，也贏得全縣兒童乙組的季軍杯歸。週會時，校長報告本校連中三元喜訊時，全體師生欣喜萬分，熱烈掌聲致賀。

一分耕耘，一分收穫，幾位老師放棄寒假休息時光，默默的研製教具，及利用早晨指導小朋友練球，總算皇天不負苦幹的人，得獎是理所當然。

見刊於《國語日報》

臺中縣圳堵國小整理招領衣服，贈送清寒學生

臺中圳堵國小的愛心媽媽們，最近將學生遺失招領的衣服清洗、修補，轉送給需要的小朋友，幫助經濟較差的家庭。

愛心媽媽張素貞女士建議學校，把學生們遺失棄置的衣服，送給需要的小朋友穿，使物盡其用，得到學校和全體愛心媽媽的贊同。

媽媽們昨天把整理好的衣服送回學校，升旗後由導護老師宣布需要的學生可以自行領取，不到一會兒功夫，衣服就被領光了。許多家庭經濟較差的學生，因此可省下一筆添購衣服，更溫暖了小朋友的心。

見刊於民國81年12月25日《國語日報》

臺中縣圳堵國小民俗體育成績好

臺中縣圳堵國小的民俗體育運動，在校內推廣頗有成效，去年十一月參加議長杯民俗體育運動錦標賽，一共贏得了六項第一名。這兩天，民俗體育隊的小朋友，正參加中部五縣市民俗體育競賽，成爲一支眾人矚目的隊伍。

男女生彈腿隊在議長杯比賽當中，贏得國小甲組第一名，分別由龔祥志老師和魏美華指導。而放風箏比賽，更囊括了教師組男女生和國小組男女生的第一名，最後，圳堵國小以優異的成績獲得團體總冠軍。

圳堵國小推展民俗體育，不僅受到師生的支持，訓導主任張見都更是製作風箏的高手，經常親自調教選手們各種技巧。

見刊於民國82年1月7日《國語日報》

購買三民主義，空飄中國大陸

本鄉圳堵國民小學師生為響應「三民主義統一中國」之號召，特樂捐三日零用錢計新臺幣二萬四仟八佰七拾元整，購買中國的光明大道三民主義小冊子空飄大陸。

三月十五日週會，圳堵國小訓導主任金國棟，向全體師生報告大陸匪情後，隨即勸勉學生節省三天的零用錢，購買三民主義空飄大陸。金主任說由於我們的三民主義，將會使大陸同胞認清共產主義是不適合中國民情的，惟有實行三民主義才能統一中國。金主任的話贏得全校師生熱烈響應，大家紛紛解囊捐獻，三天內樂捐二萬四仟八佰七拾元。

圳堵國小校長謝樹根得知同學們節省零用錢購買三民主義空飄大陸義舉，特購買蔣總統經國先生手撰「我所受的庭訓」一百本作為獎勵，以嘉勉愛國情操，與對大陸同胞們的關愛之情！

見刊日期、媒體已佚失

再不警覺，就要做海上難民啦！

近幾年來，國內一小撮偏激份子，所做所爲和越南淪陷前，越南那些所謂民主人士的作爲完全相同，而越南的淪陷是我國大陸淪陷的翻版。然今天國內竟也有一小撮偏激份子，打著民主的旗幟，喊著民主的口號，卻竟做欲埋葬民主的事。彼輩爲了一己的政治野心，竟和台獨勾結，和隔岸共匪統戰論調唱和，國人若再不警覺，再有海上難民時，我們可能也是其中之一了。

政府遷台三十多年來，由於要建設台灣爲三民主義模範省，無論在民主政治、經濟、文化等多方面的建設，都有輝煌的成就與進步，並受到世人的矚目，連我們的敵人共匪，都喊出了經濟學台灣，政治學台北的口號。但那一小撮偏激份子，爲了一己之私，抱著唯恐天下不亂的心態，否定政府一切成就，否定全體同胞努力奮鬥得來不易的果實，終年累月的無中生有，造謠生事，本著共產匪黨祖師列寧氏謬論——「謊話說上一千遍，都會變成眞理」。於是這一小撮偏激份子，就無止的說謊造謠，製造此似是而非，混淆黑白的論調，打擊政府威信，破壞領導中心形象，分化政府與民衆間感情。最近竟造謠生事，聚衆遊行起來，這些完全是大陸淪陷前共匪所搞的那套把戲的翻版。若復興基地上允許這一小撮偏激份子，這樣胡作非爲的胡鬧下去，終有一天會弄得家破國亡，我們的自由幸福生活，亦將隨著破滅無存。因此，祈望政府拿出魄力，維護國法尊嚴與威信。團結不是和稀泥，是團結反共愛國人士；不是團結拿著鑽子在鑽洞和牆腳的叛國份子。生活在復興基地上的自由幸福同胞們，也要有辨別是非黑白的警覺性，共同唾棄那些要毀滅我們自由幸福的人，叫他們與善良的同胞們隔離。不然，將是近朱者赤，近墨者黑的下場，一千八百多萬同胞們的命運是可悲的，是可預卜的。因共產黨徒的殘暴無人性的做爲，不是常人所能承受的。不然，大陸淪陷時，就不會有成千上萬的人背井離鄉逃奔他方，越南陷匪時，亦不會有海上難民的悽慘情境了。而共匪竊據大陸以來，亦不會有那麼多反共義士，冒著九死一生的危險投奔自由了。《苦海餘生》一書作者說：「中國大陸上的電線桿子，若是有『腳』的話亦想逃出大陸」！由此可知，在共產制度，共匪黨徒暴政下過活的人的悽慘了！

綜上所述，我們要提高警覺，不要被那一小撮偏激份子的誤導，一步一步走向共匪徒們預設的陷阱，一不愼跌入牠們的陷阱，就沒有翻身的餘地，將終生被其奴役，亦將陷我們的子孫在萬劫不復之地！這是每位愛國家、愛鄉土、愛好民主自由幸福生活的同胞們，不得不提高警覺的，不然，海上再有難民潮時，我們可能也是其中的一份子了！

見刊於《圳堵國小校刊》

漫談民主與自由

民主與自由及追求美滿幸福的生活，是主宰萬物之靈的人類本能，亦是人類文明進步的動力。但自由要有理性，民主要在遵守法治，若沒有以上兩個理念，民主的列車必將出軌，社會亦將脫序，這是現代人應具有的常識。

自政府解除戒嚴令後，各種街頭自救活動，連鎖性推出，且有演變成暴力事件的，如此久而久之鬧下去，我們可能要走兩條路：一條是死路，一條是承受共黨政權統制，過著被奴役的生活。這不是危言聳聽，史實如此，遠的不講，就以四十年前中國大陸來說，在政府遷台前那段時日中，一些政客高唱國共和談，媚共的人民團體搞遊行，受共匪職業學生煽惑的大學生搞反飢餓遊行……結果大陸淪陷了。四十年中大陸同胞過得是什麼生活？是寒天飲冰水，冷暖自知，最近半年來，回大陸探親的亦知，物質生活奇缺不算，精神生活更悽慘，因自匪黨竊據大陸後，十家有九家是妻離子散，骨肉各西東！是大陸同胞生活的實況。當年那些高喊和談的政客們，反飢餓遊行的大學生們，則是啞巴吃黃蓮，有苦說不出，只能悔恨在心裡，因在暴政統治下人沒有說話的自由，甚至連不說話的自由亦沒有。

次是二十歲以上的人，應該記得十多年前越南陷匪前的政局吧！政客們喊和談，學生們示威反專制、和尚們爭自由而自焚……。最後越南政府和越共和談，結果，簽字始三天，越共揮軍進入西貢，抓走當了三天總統的楊文明氏，越南人民亦開始走向死亡之途，與飄流海上的難民生活。南海血書裡，記載著人吃人的慘酷情境，使人不寒而慄，這血淋淋的史實，有心人當不會健忘。

今天的社會上，有部分人士，彷彿在有意與無意間，做著中國大陸和越南淪陷前的翻版工作，以反對爲反對，破壞政府形象，煽惑盲從群眾走向街頭，鼓吹暴力，製造混亂，不但破壞了社會秩序與安寧，亦損害了經濟的繁榮。這種使親痛仇快的做法，若國人尙不知警惕，愼防那些偏激言行者，國家的安危，全民的自由幸福，可能會被少數者的偏激言行給毀滅掉。若再由於自身警惕心不夠，思慮不周，而做了盲從者，那眞是一失足成千古恨，再回頭已百年身，除了增加悔恨外，已與事無補了。

最後恭錄李總統登輝先生幾句訓示做本文結論：「自由必須植基於理性，民主必須植基於法治，缺乏理性與法治的民主政治，絕不是全民所嚮往的民主政治；國家獨立與自由，社會的繁榮，國民的福祉，一切都建立在國家安全的基礎之上，沒有安全，則自由、民主、繁榮，都將爲虛幻的泡影。」

見刊於《圳堵國小校刊》

團結力量大

中華民族，建國東亞，歷五千餘年，雖昔有堯、舜、禹、湯；漢有文景；唐有貞觀，人民生活安定、國家富強，人民生活都不及在復興基地今日同胞們的富裕和自由。飲水思源；當知國家「反共國策」的正確。因此，愛國必須反共，反共必先團結，惟有全民團結奮鬥，才能保有今日已有的成果，開創明天更好的生活。

見刊於《圳堵國小校刊》

慎防共匪的陰謀

近幾年來，在共匪幾個重要匪幹的談話中，我們不可不知共匪利用「偏激份子」的陰謀，簡記匪幹談話如下：

◎李匪先念在簽侵台的「指導文件」中說：「解放台灣要選擇適當的時機，人心瓦解，替軍事做了適當的舖路，再行武力解放」。

◎皮匪定鈞在次會報中說：「要用政治手段，從台灣內部，解放台灣。」

◎陳匪楚說：「在台灣內部工作施行很順利，台灣內部也有馬克斯主義者。」

上述各匪幹的談話，可知共匪利用少數「偏激份子」的陰謀詭計。然而，少數自謂民主人士，已身已被共匪玩弄手掌中尚不自知，還在到處吶喊中華民國不民主、不自由。不曉得生活在復興基地的同胞們，有什麼不自由？難道想要打家劫舍，殺人放火的自由嗎？我們平心靜氣的想想！想通了，就不要爲共匪利用了，做那使親者痛心，仇者暗笑的傻事了。

見刊於《圳堵國小校刊》

迎接光輝十月，發揚民族精神

光輝燦爛，多彩多姿的十月，已踏著穩健的步伐來臨，旅居世界各地的愛國僑胞代表們，於十月三日開始絡繹不絕的回國參加十月慶典活動。據接待單位預估，今年回國參加十月慶典的僑胞代表們，要超過三萬人以上，而這些位愛國的僑胞們，都是具有高度民族精神的人士，亦都是民族精神的發揚者。

什麼是民族精神？簡而言之，民族精神是民族文化所孕育而成的一種民族氣質。此一氣質，由於各民族先天和後天所生存的時間空間的互異，而產生各民族的特殊性格，因而影響其民族的精神，而各民族靠著這種特點，使他自己的民族成長、壯大，永遠延續下去。因此，民族精神的發揚與喪失，和各民族興亡絕續，有不可分的密切關係。

中華民族的精神是什麼？簡而言之，就是忠、孝、仁、愛、信、義、和、平的八德，和禮義廉恥的四維。沒有八德則民族就失去了靈魂，四維不振，國家將喪失綱紀，所以春秋時齊國名相管仲說：「禮義廉恥，國之四維，四維不張，國乃滅亡。」想想！若一個民族喪失了靈魂，國家失去綱紀，這個國家民族的前途，就可想而知了。

因此，我們要救國家危亡，民族文化絕續的當務之急，就是發揚民族精神。至於如何發揚民族精神呢？管見所及，在成人的社會中，多陶冶自己「誠正修齊」的修養，因古今中外，尚沒有僞君子能齊家治國的，亦沒有己不正而能正人者。若我人言行不一，嘴裡說的是仁義道，做得卻是矇騙詭詐之事，俗語說：「夜路走多了，終會遇到鬼」，何況老天也有眼，善惡終有報。因此我們成年人，要多惕勵自己，負起社會中堅的責任，盡人生的本務，做位仰俯無愧於天地，無怍於世人，而爲自己子孫留個好榜樣。

同學們發揚民族精神，就更容易了，簡單的說：只要徹底實踐「生活與倫理」課本上所講的生活規範，做位知書達理的少年就夠了。因生活與倫理課程所講的內容，就是中華民族精神所在的——四維與八德！但依個人觀察所見，同學們知道的很多，然做到的卻很少，致使教育功能打了折扣，於是社會各角落和校園，都顯得有些雜亂無章。西哲亞里斯多德氏有句銘言：「倫理之鵠的，在於實踐。」他的意思是說「生活與倫理」課不是知道就可以的，重要的是要去做，要身心去實踐！不然，若知而不去做，尚不如不知的好，同學們能了解個中意義，進而徹底實踐在「生活與倫理」課堂所學，你就是民族精神的發揚者，亦會是位活活潑潑的好學生，長大成人後，亦是位堂堂正正的中國人，願同學們勉勵！

見刊於《圳堵國小校刊》

保持城市清潔

社會的進步，首在全體同胞，無論是思想或生活方式，能夠跟隨上時代巨輪滾動才行。農業社會的人，多是日出而作，日入而息，生活在無拘無束的天地裡，致養成一種隨便的壞習慣，而被外人批評國人無公德心，但我不願苟同有損民族自尊的批評。可是，國人確有份隨便的壞習慣。

筆者任教鄉村國小，由於兼任訓導，對生活與倫理教育，盡力推行；但卻事倍功半。原因是「一齊人傅之，眾楚人咻之。」因此，欲保持城市清潔，我們須有現代思想，及城市生活方式。尤其身爲父母者，爲了自己子女的身心健康。必須以身作則，徹底剷除隨便的壞習慣。

見刊於民國60年12月12日《中央日報》

春節與拜年

在科學研究發展上，若故步自封，是我人之愚鈍；但保有中華民族固有的禮俗，卻是我人之長，因禮俗是累積文化的一部分。春節拜年是我國固有的禮節，卻是弘揚社會倫理的根源。惜哉！我卻欲拜無門，因親長均在海的那一邊。

回憶童年時，每於新年隨著父兄去給親長拜年時，不但有糖果可吃，尚有銀大洋好拿（壓歲錢）。然歲月催人，今天已輪到我分壓歲錢給下一代了。可是，每次分壓歲錢給孩子們時，就情不自禁的想到生、鞠、畜、育我的花髮雙親！但願再過新年時，能跪拜在雙親膝下，博得二老一笑。

見刊於民國61年1月23日《中央日報》

保護樹木

在我尚未啓蒙時，先祖父教我背誦很多小詩，其中有一首：「寧可食無肉，勿可居無竹；無肉使人瘦，無竹使人俗。」即是因有一天老人家栽樹時，我拿栽好的小樹搖著玩，於是老人家就教了我這首詩，並爲我講樹木對人類的益處。

現時隔三十餘年，仍牢記如昨天！而自了解詩中的意義以後，我就愛好花木。過去二十餘年的軍旅生涯中，凡到過的地方，我多曾植過樹，雖然所種的樹木，並不屬於我所有，但前人栽樹給我們歇涼，我們亦應爲後人造福才是。所以，我認爲保護樹木的繁盛，亦就是間接的保護後代子子孫孫了。

見刊於民國61年3月6日《中央日報》

踏青・賞花

鍾鼎山林，各有天性，以我來說，不但喜歡春季「踏青賞花」，亦愛好夏綠、秋黃、冬雪。因我偏愛獨自閒行獨自吟（郊外散步）。在軍中時，每逢假日，伙伴們去看慰勞電影，我卻爬山訪道。十餘年軍旅生活，誰若問我今天電影如何？等於問道於盲。若要問駐地風景，則如數家珍，而道其詳。誰要說郊外有啥好看的？則答：「萬物靜觀皆自得。」

離軍中任教職後，仍是好此不倦，日子久了，學生們皆知我的偏好，有時他們亦來湊熱鬧。於是，在我們師生共遊中，更別具一番情趣了。

見刊於民國61年3月20日《中央日報》

我與太陽眼鏡

我雖跑過大江南北、黃河兩岸，但鄉下佬進城的土勁依然故我，故對戴太陽眼鏡者，總視爲是流里流氣的裝飾品，從未做斯想。

然很久以前，有次和妻去郊外散步，在炎陽斜照下，她戴著太陽鏡悠然自得而我卻不敢正視藍天白雲！於是一時好奇，把她的眼鏡拿下戴了片刻，不由得發出讚美：「在太陽大時戴副太陽鏡是不錯。」

虧她有心，一次上街給我買副淡茶色的太陽鏡回來。不過，我仍很少亮相，倒是晚上看電視時用得多些。

見刊於民國61年6月23日《中央日報》

漫談領帶的起源

五月份的國父紀念月會那天，總統府戰略顧問葛中將蒞縣演講，在前言中，他曾以詼諧的口吻談到「領帶」的功用，並徵詢聽眾們，問：「誰知道領帶的起源……？」剎那，葛將軍的問話，對我來說歲月彷彿倒轉了二十多年！

民國四十幾年那段時日中，我曾先後在陸軍官校與步校接受教育，有位趙尺子教授擔任「反共抗俄基本論」與「蘇俄在中國」的課程。有天在上課中，趙教授曾經給我們講段「領帶」起源的故事，今雖時隔二十多年，我尚能記得大要，所以聽到葛將軍詢問「領帶」起源時，我的思維也就回轉到二十多年前的往事中了。當時本想站起來，說明下領帶的起源，但一想，自知拙嘴笨舌的不要耽誤大家時間，故而作罷了。

說起「領帶」的起源來，生爲中華男兒的我們，都應有股豪氣萬丈的雄風壯志才是，回想到元太祖——成吉思汗揮軍西征，蒙古騎兵橫掃歐陸建立四大汗國的情形，因「領帶」就萌芽於元朝西征後，建立四大汗國之時。我們都知道，凡是戰爭必有勝敗，也必有傷亡及俘虜，而領帶的起源，就是源於元軍所俘虜的歐洲人身上。

西征的元朝大軍過境之處，眞是勢如破竹，歐洲人豎白旗，甘爲元朝臣民者到處皆是，元軍所俘虜的碧眼黃毛者不計其數，元軍把所俘虜的人，用繩子一個連一個的拴起來，然俘虜的人太多了，在管理上問題亦多了。爲了管理方便起見，元軍則採用「以夷治夷」的辦法，就是在俘虜中挑選有領導能力者，協助元軍管理俘虜，於是被挑選出來的人，爲了工作方便，就不能再用繩子拴著了，但爲了識別容易，就把那些協助管理俘虜的俘虜們，脖子上都拴條蔴繩子項圈，有似今日女士們所帶的項鍊，只是質料不同而已。

時日久了，那些被選任管理工作的俘虜們，亦有多年媳婦熬成了婆的，當了元軍中的幹部。愛美是人之天性，加上物質文明的進步，那些幹部俘虜們，每日對鏡整裝時，脖子上拴條　繩子，想像到的是既不雅觀，也不舒服，難免會耿耿於懷，於是他們就向上級建議，將　繩子改成布帶子，得到首肯後，就將　繩項圈改爲布質項圈了。又爲區分他們階級的大小，則以顏色識別之，進而隨著人類文明的進步，而逐步的演變成今日的領帶了！

綜上所述，領帶的起源，確是我中華民族一頁榮耀史，所以我說身爲中華男兒的達見讀者們，當您要整裝外出紮領帶時，這領帶的來頭，還是中華民族奮鬥史上，值得紀念的一頁戰爭勝利品呢！

見刊於《中堅月刊》，日期佚失

寧可食無肉

在我還沒啓蒙時，先祖父就教我背誦小詩，其中有首「寧可食無肉，不可居無竹，無肉使人瘦，無竹令人俗。」長大以後我了解詩中那個「竹」字的含義時，就開始重視生活環境的綠化工作。因此，凡是我住過的地方，就有我栽種的花樹，這可以說栽種花樹是我休閒生活樂趣的一部分。並本「君子欲人同其善」的心境，十多年前曾寫過一篇小文，強調維護生活環境的花樹，就是間接的維護了後代子孫，蒙《中副》編輯先生刊出。五年前，買了現在住的這個窩，搬進新居後，就動腦筋綠（美）化這個窩。五年來我已把這二十多坪兩層樓的小屋變成了綠屋。除一邊接鄰外，三面都種植了花樹。前後陽臺是各種盆栽的蘭花，前門栽了棵九重葛，現已攀到五樓。靠巷道那邊自己砌個長方形花壇，栽的是玫瑰花和兩棵耶誕紅，還有一棵扒牆虎。現在除了五個窗口，都是滿牆綠葉，行人路過舍下時，常常會駐足觀賞。後院有桂樹和扁柏以及各種草本花。每於公餘閒暇時，就帶兩個小兒女修剪花樹，翻土施肥，成了我生活中的習慣，也是生活中的樂趣。

今年初李副總統在省主席任內時，提倡今年爲綠化年，對我來說，不免有些微君子之見的莞爾，因我早已把環境綠化了。至於怎樣著手綠化環境，現在不揣冒昧之嫌，提供幾點管見，請同好者及機關主管們指教：

（一）要有計畫。《中庸》說：「凡事豫則立，不豫則廢。」因此在綠化以前，要先深思熟慮，顧到多方面。例如自身環境空間的大小，土質情形，都要考慮到，而後在空間上再做適當的分配：哪裡宜栽樹，何處宜種花。在土質方面，也要先有了解，栽樹的地方宜栽哪種樹，想種花的地方應種何種花？其次是在工作時，從何處著手栽種較易生根，從何處開始易收工作實效，這些都應在事先做個周密的計畫。否則，東栽棵樹，西種幾朵花兒，適合栽針葉樹的土質，卻栽了闊葉樹，如此不但顯得雜亂無章，更可能會勞而無功。因此在進行綠化美化以前，應有個周詳的計畫，以收事半功倍的預期效果。

（二）機關首長要有高瞻遠矚的眼光與抱負，切忌以己身的任期長短，做爲綠化環境的起訖點。相反地，要有「前人栽樹，後人乘涼」的抱負與理想，做長遠的綠化計畫。我這樣說，是以前在某單位服務時，有一天單位主管召集所屬單位負責人分配工作。因那個單位正門外，有一條約十四公尺寬五百公尺長的新修道路，路的盡頭接縣公路，是在道路兩旁栽樹，要栽的樹是大約一人高的馬尾松，計畫距離五公尺栽一棵。但是道路右邊有電線杆，一位同仁向主管建議，右邊的栽樹位置，不宜和電線杆成一行，免得樹長高以後，主幹碰到電線。然而那位主管卻說：「等樹長到電線杆那樣高，我們不知到哪兒了呢！」

他那一句話說得在場同仁們，年長者有些愣然，年輕的猛吐舌頭。這一位主管自覺失言，皮笑肉不笑地哈哈兩聲，自找下臺階說：「你們研究吧。」說完就溜了。他走以後，同仁們都有些無名的感觸，平時對主管信仰有加的，自感有些惋惜，次者說些風涼話。古語說：「一言興邦，一言喪邦。」那一位主管的一句話傷害了那一個團體，也傷害了他自身！因此在推行綠化工作中，擔任主管重責的先生們，要有高瞻遠矚的眼光，綠化的是土地環境，不是綠化自身的任期。土地環境是永恆存在的，任期是有限的，保留永恆方爲君子之道。

（三）持之以恆：在我三十年來生活歷程中，看見推行許多項運動，多數是虎頭蛇尾，有始無終。甚至還有「只聽樓梯響，不見人下來」的紙上談兵。我想有心人都有此同感。例如謝前副總統在省主席任內，於六十四年提倡消除髒亂運動，起初各機關風起雲湧，一次又一次召開消除髒亂研討會，並鑼鼓喧天的遊行宣傳，各學校派出大批學生清掃街道。軍中也派出成群結隊的戰士，替民眾清理水溝，消滅死角等等，做得熱熱鬧鬧，轟轟烈烈。然而今天消除髒亂的成果如何？當然不能說效果毫無，但是大多數的人仍在「冬眠」中，可說是清者自清，濁者自濁。於是原本有高度消除髒亂熱忱的人，久久不見成果的出現，消除髒亂的熱忱也逐漸消失了。

消除髒亂，綠化環境，可說是一體兩面，若國人鍥而不捨，把消除髒亂工作繼續下去，把綠化環境運動持之以恆，定能把復興基地的臺灣，變成一個名副其實的美麗寶島，才眞是國家的光榮，國人的福氣。

總之，俗語說：「高山出俊鳥。」又說：「人傑地靈。」都是啓示我們，生活環境是培養人的性靈，陶冶品德，與促進健康，有莫大關係。我們爲國家的榮譽，自身的健康，以及子子孫孫的福祉，人人都應負起消除髒亂的責任，響應綠化環境的運動。本著「寧可食無肉，不可居無竹。」的精神，綠化自己的環境，以提升精神生活水準，做一個道道地地的文化大國的國民！

見刊於民國73年8月25日《國語日報》八月話題　談綠化運動

利瑪竇何處惹康熙?

三月八日臺視「八千里路雲和月」主持人介紹耶穌會教士傳教,連說幾次義人利瑪竇來中國傳教,惹惱了清康熙帝等……聽得個人異常迷惑。利氏來中國時期是明朝萬曆年間(西元一五八三年),而清康熙八歲登基當小皇帝時,是西元一六六二年,兩者相隔七十九年。況且利氏在五十八歲時病歿北京時,康熙帝尚未來到這個混濁的人間呢!

惹惱康熙帝的傳教士,起因清初時基督教會內的派別互爭在東方傳教的領導權。斯時有屬於西班牙的「多明我」派傳教士,反對耶穌會傳教士放任信徒,認爲祭天、敬孔、祀祖等事,無異「出賣基督教」,遂向教皇克烈門十一世控告耶穌會傳教士。教皇贊成多明我派主張,且派特使來華宣示,嚴禁教徒敬祀祖先。而康熙帝親向特使解說,中國人敬祀祖先的意義,然該特使仍執迷不悟,反而公開發表言論,駁斥康熙帝的說法,遂惹惱了康熙帝,始決定禁教。

利瑪竇傳教和康熙帝禁教,事實無太多牽扯,除了相隔近百年外,且康熙所禁之教,亦非利氏當年那一教派,且利氏爲君子流,康熙帝爲歷朝帝王中賢君明主。因此電視節目以含糊籠統的口語介紹歷史，對人、事、物、時交代不清，足以誤導觀眾，也對中外歷史中的君子賢人欠缺敬意。

見刊於民國80年3月17日《台灣新生報》

行憲紀念日放假一天，不是為紀念耶穌誕生

十二月二十四日晚下班後，因事到鄉村一位友人處。在友人帶我經過他村中一所學校時，學校的文化走廊，貼了兩張大壁報，非常醒目，筆者佇足看了一下。一看更醒目的是兩張壁報的標題——聖誕節特刊！使我不禁皺了下眉。

十二月廿五日的國定假日，是中華民國實行憲法的紀念日，各級學校要出壁報特刊等活動，應該是以紀念國家於三十六年十二月二十五日，正式實行憲法做主題爲宜，叫小朋友們能了解放假一天，是爲慶祝國家實行憲法的紀念日，而不是爲耶穌誕生而放假。不然，是否有誤導未來主人翁的理念之嫌？有謂一葉落而知天下秋，可見今天負責教育行政官員和部份教師們，也在迷迷糊糊中度日。

次是記得十多年前，內政部曾有明文規定：大意是中國只有一位聖人——孔夫子！中國人若有聖誕節，也是九月二十八日的孔夫子誕辰日。並規定耶穌誕辰爲耶誕節，而非聖誕節。當然對天主和基督教友們，如何稱呼就無可厚非了。

見刊於《台灣新生報》

太子妃不能稱「皇太妃」

十六日下午，廣島亞運閉幕典禮時，華視現場轉播使人振奮。不過，美中不足的是記者先生，把太子妃稱爲——皇太妃！聽得我好刺耳。初想可能是忙中有錯，說溜了嘴。但在那短短時間中，曾先後又說了兩次皇太妃。一連三次將太子妃稱呼皇太妃，我想不是太過分偷工減料，就是記者對「太子妃」與「皇太妃」兩個稱呼定位不清楚。

太子妃或稱皇太子妃，定位意義相同；然皇太妃則不同；皇太妃是皇太子的祖母級人物，和皇太后同輩，是太上皇的妃嬪——稱爲皇太妃！怎可將太子妃一再稱呼皇太妃呢？在那種場合，硬把張三之冠往李四頭上扣，若國際友人，有精通中國語文者，豈不貽笑大方了，期記者先生，當思之！愼之！

見刊於民國83年10月《台灣新生報》

引用詩句應詳查，以免錯誤

十二月廿四日，華視江山萬里情，進行到人物猜題時，介紹教育家故蔡元培先生，主持人巴戈唸了兩句詩：「王師北定中原日，家祭無忘告乃翁。」並說是辛棄疾的《示兒》，螢光幕也打出那兩句詩，及辛棄疾的字，看得個人有些愕然。

辛棄疾和陸放翁（陸游）兩位，是南宋時極力主張北伐，收復失土的愛國者。辛棄疾擅長作詞，其有首《西江月》（示兒曹以家事付之）詞：「萬事雲煙忽過，百年蒲柳先衰，而今何事最相宜？宜醉、宜遊、宜睡。早趁催科了納，更量出入收支。乃翁依舊管些兒：管竹、管山、管水。」所以辛氏有首「示兒曹」詞，又名《西江月》。

《示兒》，是愛國詩人陸放翁所作，是首七言絕句詩：「死去元知萬事空，但悲不見九州同。王師北定中原日，家祭無忘告乃翁。」陸氏一生遭逢國破家亡，懷一顆憂國喪家的心終老一生。所謂家亡是其愛妻唐氏，不能見諒陸母而被逼離異，其極力主張北伐，收復失土，惜南宋大部君臣，已把杭州當汴京了。其示兒詩等於遺囑，臨老尚不忘收復失土，故有愛國詩人的美名，流傳千古。

江山萬里情主持人或撰稿者，應花點時間查書，不宜順口溜，不然那天把《示兒》說成筆者所作，豈不笑掉國人大牙，也砸了「中國人眞行」的招牌，希思之、愼之。

見刊於民國84年元旦《台灣新生報》

不爭者常勝

民國五十六年八月二十二日，我離開軍營，內心百感叢生：軍服穿了二十年，然河山未復，親仇未報，我卻孑然一身離開革命的大家庭；又解甲無田，歸去無舟，茫茫人海，何處是兒家？

幾經考慮，我決定從事教育工作，於是，買了全套的師範課程書籍，利用餘暇進修，亦藉著看書打發無聊的時光。因此，在兩年的師資教育中，對各科課程，多不陌生，所以考試時，還算得心應手。畢業前教育廳國語文測驗，也幸運的過了關，分數還不是吊車尾。分發到台中縣服務，是我第一志願，然我對中縣的地理環境所知不多，在報到前買了張中縣地圖。

到教育局報到時，承辦人叫我填三所學校，於是就查地圖填志願。承辦人笑著說：「我還是第一次看到查地圖填志願的。」我回了句：「孤家寡人，得找所能生存的學校才行。」結果，來中縣九位同學，我分發的學校最好，想是那張地圖發揮了效用。

二十四載的教師歲月中，本著一切從頭開始的原則下，是風平浪靜的渡過了。由於我是特考教育行政、乙等（同高考）考試及格者，加上在軍中當過參謀，熟習公文處理。因此，曾奉令兼任學校的訓（輔）導主任，到退休止，先後十七年半，在兼主任期，和同仁們相處融洽，學區家長也多能笑臉相向，和樂相處。

原因無他：一是在執行工作上，以溝通替代領導，在「集思廣益，眾志成城」下，凡事皆能圓滿完成。

二是本孔夫子說：「己所不欲，勿施於人。」及「其身正，不令而行，其身不正，雖令不從。」自己做不到的事，絕不強加他人頭上，是我一向行事的準繩。

三是我「以出世的理念，做入世的工作。」從無企求功利之想，於是「是非」也就無隙可乘，我也就在風平浪靜中，從教育崗位上退休下來。

簡而言之，欲開拓事業第二春的袍澤們，若能放下身段，在團體中別斤斤計較於功利，不逞強做非分的事，定可遠離是非，也就成功大半了。要堅信世間有正義感的正人君子，絕對多過慣於「詭詐諂佞」的小丑們。因此，功過是非自有公論，最後勝利成功者，往往是——不爭者常勝。

見刊於民國87年9月28日《榮光週刊》

從零開始，開拓第二春

民國五十六年是我從軍二十年，春節夜倍思親，萬念叢生、百感交集下，一時福至心靈，提筆給國防部蔣部長經國先生寫了封陳情信，以三點理由懇請退休：

一、是學經歷，陸軍官校畢業後，擔任排連長暨小參謀、教官等工作。當了十七年半軍官、中尉十二年半，因一件公文處理，阻絕基地指揮官貪婪之路。陶淵明「不為五斗米折腰」，我也不願為升上尉屈服。故從四十六年洞悉軍中內情下，誓志有生之年絕不升國家上尉。

二、軍中二十年功過，立過戰功，獲頒干城乙種勳章，和在臺羅重毅將軍同一人令，羅將軍獲頒干城甲種勳章。而我還獲頒有忠勤勳章和其他獎章。

三、我是學生從軍，光明正大踏入軍營，懇求准予清清白白退休，另謀報國之途。且特別聲明不求升官，哀莫大於心死，官升三級也無動於衷。

信寄出約一周左右，接到回批：「所請交陸總辦理，祝平安。」我的退休是部長特准的。

解甲無田，在思慮開拓第二春時，想到童年時，父祖皆是教書先生（私塾），我是生長在耕讀之家者，應承繼先人志業，從事教育興國的教育工作，隨即報考國小師訓班。研讀二年教學課程，經過五關斬六將的各項測驗，皆能順利通過而取得國小教師資格。後又參加特考教育行政，幸獲取乙等（同高考）教育行政及格。

民國五十八年八月踏入校園時，就抱著放低身段一切從「零」開始。徹底隔絕軍中一切，將類似明日黃花的往事，都任它隨清風白雲而去了。

◎二十四年半教職生涯中，簡述如下：

一、學校建校那時近五十年，我是唯一教育行政高考及格的第一人。

二、五十九年教師節前，發表〈論師道〉拙文刊登於中部《中堅月刊》，那本月刊是中部五縣市初高中職校學生必讀刊物。

三、由於我是教育行政高考及格，校長和家長會長多次到舍下，請我主持學校訓育工作。在盛情難卻下，始答應擔任訓導主任工作。不以領導自居，凡事以溝通行之，在集思廣益中達成共識，事情在群策群力中，均能圓滿完成。

四、有人從事教職一生沒當過優良教師，而我二十四年半教職中，當選過三次優良教師。有一次教育局指定的教育行政績優者，當時石督學叫我再塡此事蹟呈報教育廳表揚，但我從四十六年矢志不升上尉時，即抱不與人爭功利，因此婉拒了。

放下軍中一切，從零開始，承繼先人志業的教職，開創了我人生的第二春，綜上所述僅供轉業者參酌。

【作者速寫】金國棟，民國三十六年從軍，五十六年退役。服役軍旅二十餘年，退伍後經輔導會輔導通過「教育行政人員特考」，轉任教職。

見刊於民國108年12月5日《榮光雙周刊》

軍人亦有筆墨經綸

我出生在戰亂的年代，民國三十六年，我正在家鄉就讀遼寧省北鎮縣城高中，豈料赤禍蔓延，遼寧淪陷，在師長的鼓勵下，我與七十八位同學一起投筆從戎。當年我十八歲，在遼寧黑山團管區入伍當兵。

我的家庭爲典型的耕讀之家，父祖輩皆是私塾的教書先生，所以，我想要承繼先人志業，從事教育工作的夢想，並沒有因爲當兵而熄滅。尤其，當年的社會氛圍，總視軍人或榮民爲老粗，有一定程度的歧視，所以我自學進修，想爲軍人爭一口氣。

民國四十五年我被任命爲代理連長，四十六年調指揮部參謀占上尉缺，但是，在軍中晉升卻會延後甚或阻礙我成爲教師的夢想，所以決定堅持不升上尉，我買了全套的師範教育方面書籍研讀，報考輔導會板橋教育中心開辦的師資訓練班，幸獲錄取。接受爲時兩年的師資課程訓練，我非常努力認眞，取得了國小教師資格。

民國五十八年派任到臺中縣圳堵國小任教，展開我的教書生涯，我曾經在暑假開辦免費的輔導班，每班四十八人，中高年級各一班，暑期課程以國語文爲主，早上第一節爲書法課，中年級閱讀《國語日報》，高年級選讀《古文觀止》，很高與這個輔導班也培養了學生的讀書風氣。

棄武從文之後，二十四年半的教書生涯中，也教出不少優秀學子，大部分學生長成後在自己崗位上對社會國家多有貢獻。現今我已逾九十之齡，教書的歲月是我人生中最輝煌的一段歷程，不但作育英才，也承繼先人志業，更爲軍人及榮民爭了一口氣。

【作者速寫】金國棟，陸軍官校二十四期畢業，民國五十六年中尉退伍。

見刊於民國109年8月2日《榮光雙週刊》

老粗教師創造多項奇蹟

民四十六年內定升上尉的小參謀，三月下旬接陸訓部函一紙，我依函示宗旨簽辦，指揮官卻命我依其口諭簽辦，我回句：「口說無憑。」請其批示再辦，其竟拍桌斥責我！於是我想到陶淵明不為五斗米折腰，辭縣令歸里，是「羈鳥念舊林，或池魚思故淵」則不知？我焉能為升上尉委曲求全，決意放棄晉升，並誓志有生之年絕不升國家上尉。

從那時裝傻、裝癡呆！以看書打發寂寥歲月。我本生於耕讀之家，童年期先父祖都是教書先生（私塾），從軍前我也當過小教師，教兄姊的寶貝們。因此，在軍中時就立下志願，退休後要承繼先人志業，從事教育工作。又因多年對社會觀察，一般人皆視軍人為老粗，故不但要從事教育工作，並要當老粗教師。隨報考輔導會教育中心師訓班。目的是學ㄅㄆㄇㄈ注音符號，因我看過《史記》孔氏世家，對孔夫子教育理念、宗旨方法等多有所知。次是四十八年婉拒升上尉後，買套師範教科書讀，故對各教育科目多知曉。因此，期末考試各科皆順利通過，取得國小教師資格，也成全我當老粗教師心願。五十八年八月一號到中縣圳堵國小任教。但未想到廿四年半教職生涯中，創造多項不期奇蹟，僅簡述如下：

壹、五十九年教師節寫篇——淺論師道拙文，寄給中部《中堅月刊》被錄用，通知幾張小照及簡歷。刊出後始知那是中部五縣市初高職校學生必讀的月刊。於是學生家長從子女口中知我會寫文章，均對我另眼看待，熱心的想幫介紹女朋友，我告知故鄉有訂親之人予以婉謝。

寒假罹場重感冒，假期結束上班時，鄰座鄭老師問假期去哪玩？我將病狀告知。鄭熱心的說：你不要再等故鄉未婚妻了，二十多年無音訊，她想等你，在大陸那個環境恐也不允許，你該成家了，病了會有人照顧。我回說是想找位可以互相照顧的伴，鄭師問眞的？隨說給介紹位小學每次考試總是前五名的同學。

晚放學鄭師到我斗室要照片，我玩笑地說要看來看本人，鄭臨走將《中堅月刊》拿去給其同學看。星期日鄭和位已婚同學及主角，三人眞來看我。在我們相談中，她多次說很喜歡看我文章，察言觀色中，她喜歡我的文章，其實也喜歡上寫文章的人。限於篇幅，簡言之，一篇拙文寫來位紅粉美嬌妻！歲月如梭，紅粉佳人已變白髮婆，我仍盡心盡力保護著白頭攜手人！

貳、一天和家長會王委員相談，他問很多問題，彷彿是在有意無意間考驗我的才智。還好他提的問題，我皆能給解說明白，他突然站起來衝著我說，你來教小學是大材小用了，你是位學貫中西，滿腹經綸的隱士學者。我也站起請他坐下，並回句別給我戴高帽子，離學者還遠的很呢！

說實話我從四十六年誓志永不升國家上尉後，由參謀調教官職，每周上四個半天課，餘時皆由自己用。因此，我以看書打發寂寥歲月。從四十六至五十六年十年中，除了看書買書外，別無他事。於是中外名人傳記回憶錄及文學名著等書，看了不知其數。如西方孔子蘇格拉底、柏拉圖、亞里斯多德三哲人傳記皆看過，其他名人傳記和回憶錄也看多本，名著如《戰爭與和平》、托氏另一名著《一年五季》看起來更有趣味，再如《老人與海》、《飄》……等譯文書也看很多本。

國內各類書籍，不論好壞都看過，例《史記》一頁一頁翻過，宋版《孔氏世家》看很多篇，對孔夫子生平教育理念宗旨方法多有心得。自己還有多部古書保存在書櫃中。唯一沒看過的是《四庫全書》，該書總編紀昀字曉嵐傳記我看過，紀姓坦率而滑稽，有點玩世不恭的味道，罵人不打草稿。例：一日上朝，六部尚書見紀來時，有意貶抑紀，說尾巴下垂是狼（侍郎），紀聽到走進會議廳說對，上豎（尚書）是狗。

另一喜看佛學書，對佛門六祖慧能的菩提本無樹，明鏡亦非台，本來無一物，何處惹塵埃的四大皆空，及佛門兩句箴言——「珍惜生命、普渡眾生」，迄今踐行不渝。

喜研讀法律學，憲法四分之一條文會背，比較憲法看過兩本，簡言看過很多法學書，旨在保護自己。

王委員經營進出口生意賺到了錢，在中市置產建高樓，全家遷居前，王又來和我研商子女教育事，我將各種考試搶分方法予以說明一下。其長子我教過，其么兒常來舍下玩，兩個男孩智商皆屬上等。其愛女小儒應加強語文培育，看《古文觀止》及練習作文。王拜託教小儒作文，於是教小儒作文百多篇，高中聯考考上中女中。王夫婦當夜開車趕來舍下報喜訊。其么兒轉學師大附小就讀，一天來我處，說他老師叫他參加保防作文比賽。於是我給寫幾條保防要項及作文方式，結果他作文得全校第一名，對一個初到新環境的孩子，能一鳴驚人是項鼓勵，我也感欣慰。

五年前五月下旬，王因罹患攝護腺癌謝世回歸天國。他相信我是隱士學者，我相信他會含笑而走，因他兩兒皆開個人醫師診所，愛女小儒也當上醫師娘。我等未負知我者所託，也算老粗教師創造另一奇蹟也！

參、我以陸軍官校證書，參加高考教育行政，每晚看書到午夜二時，考了兩次才及格。我是圳堵國小建校半世紀來，唯一高考教育行政及格者，高興下麻煩也跟著來了。劉備請諸葛三顧茅廬，校長和家長會長來寒舍多次，請我兼訓導處主任職，盛情難卻下始答應了，在訓導工作期以溝通代替領導，凡事均能順利達標，於是創造多項奇蹟。

一、我是專業教育者，漫長暑假等於半失業，靈機一動成立個免費輔導班，中高年級各一班四十八人為限。每周一、二、四、五共四個半天上課，每天八點半到十二點，一節習書法，餘中年級看《國語日報》，寫心得及作文；高年級看《古文觀止》，寫心得及作文。我教學有兩重點：一是教學生辨是非、知榮辱陶冶品德。二是加強語文培育，因語文是求各種知識的基本工具。語文能力不佳，學啥都是囫圇吞棗、難有成果。

當時家長會長說教育廳規定，假期輔導可收費，我回不可，不能爲錢失信於學生。中秋節王會長送盒月餅給我，說是代表家長答謝我。巧的是那些學生長大，參加大學聯招，六位考取公私立大學者，全是我教三四年級那班的學生。令人開心的是我的教學理念值得肯定。次是他們六人從高年級及讀中學，就常來我處談天說地研討問題。一年母親節，六人帶盒點心，來舍下給師母過節，老伴煮鍋玉米蛋花粥，我們坐在一起吃點心、喝蛋粥、話家常。吃喝完大家盡歡而散，我又創造了奇蹟！

二、在訓導工作期，當選三次優良教師事小，一次是教育局遴選我爲教育行政績優人員，學區石督學叫我再準備些資料，呈報教育廳表揚，我婉謝了。因在軍中作戰兩次均獲頒勳章，服軍官職十七年九個月，中尉當十二年半，似乎有點天方夜譚，故對一切獎均視過眼雲煙！但獲教育局遴選教育行政績優人員，是老粗教師又創造一奇蹟是實。

三、圳堵學區有三里，新庄里長翁登貴君是我教畢業的，圳前里長陳木生君三四年級時，教過他，會做事，不愛讀書，作業字多扭七八歪，是寶型孩子。現圳堵里長王鴻福君，是去年參加里長選舉，他出類拔萃、一戰成功而當選里長！學區三位里長，都是我教過的學生，我算是名副其實的里長老師，誰能說不？

總之，二十年半老粗教師生涯中，教出多位粗中有細的學生，與我保持連絡的開診所的三位，當教授的四位，一位已成美國公民，當中小學教師者多位。孟子曰得天下英才而教育之三樂也。我喜傍晚散步，一晚路過張家時，一青年喊老師，問他是誰？答XXX，我問你不是當教授了，他點頭，我在其兩腮拍了幾下說：「孔子說，君子不重則不威。」張太太看我打她教授兒子而笑，我們都笑了！

寫於民國108年12月

第三篇章——和睦之家

一篇拙文寫來的她！

在我童年時期，父祖都是私塾的教書先生，我是生長在耕讀之家。十二歲時母親告知已給訂了婚，至於女方是誰家女孩，我一概不知，依然吃飯讀書玩的小男孩。

初中畢業前兩週，一個週六中午，她在我回家叉路口喊我，她是國小同班同學，我停下鐵馬而交談。她不再升學了，問我是否升學、要讀什麼學校？我回句考到啥校就讀啥校。她又說知你已訂婚了，你想不想知道你未來新娘子是誰？我回句結婚時就知道啦。她卻開門見山，指她自己說，你未來的老婆就是我。他的話使我傻楞剎那，隨相互拉著手，我在她額頭上親了下。從那時起，她的倩影在我心靈深處從未消失移動過。

讀高二時，東北老家淪陷，在老師「國家興亡，匹夫有責」的鼓吹下，我們班上七十八位同學效法班超投筆從戎，她不知道，我的家人也不知道。民國三十九年隨軍來台，五十六年申請退役獲准，解甲無田，欲皈佛門，在台鄉親長輩們不允。若以吃八成薪終老，於心不甘也不忍。於是想到童年時，父祖都是教書先生，我應承繼先人志業，從事教育工作。隨以陸軍官校畢業證書，參加轉業教育工作考試，幸考取國小教師，五十八年八月一日起從事教師工作。

五十九年教師節前，寫了篇文章《淺論師道》，投寄《中堅月刊》被錄用，因初次投稿給月刊，另外還得交張照片及簡歷表。同年寒假期間患了場重感冒，躺臥在家近月餘。寒假結束，上班時鄰座鄭老師問我寒假去哪玩了，我則將患病一事告訴她。鄭師勸我還是找位小姐成家，別再懷念故鄉文定人。你已離鄉廿多年，音信全無，她想等你，在大陸那邊環境也不允許她等。我回句這場大病後，是眞的想找位可以互相照顧的人。

鄭師熱心的說，我介紹位小學同學給你認識，她讀書時是班上前五名的高材生，只是因家裡環境未再升學，我回句：好呀！晚上放學後，鄭師跑到我住處要照片，我玩笑的說要看就來看本人，才貨眞價實。鄭師邊聊邊隨手翻雜誌，臨走就帶了本《中堅月刊》走。沒多久的一個星期天上午，鄭師和另位同學三人眞來看本人。請他們午餐，飯後叫我請看電影，轉車去台中路上，鄭師和另位同學卻突然說另有事就先下車，我以爲他們是要放我鴿子，後來才懂，他們其實是不想當電燈泡。於是，我只好和現在的老伴去，到台中公園、孔廟前聊天，請她看電影、吃晚餐，完了送她到車站，買張車票看她上了回家的車，想這件事已完了。

隔天，鄭師問我給她寫信了嗎？我回句「不知她地址，往哪投信？」鄭師給我一紙條，並說寫封信去，她是在趕鴨子上架，我也就寫了幾句客氣話的信寄去。三天後，她回信來了，在信中大讚我的文章好，她看了多遍，而信尾寫了句：「何時再相會?」等於向我下戰書！

以後，我們常相會，遊覽中部各景點，到谷關泡溫泉次數最多。愛的馬拉松跑了近年，也去過她家幾次，一次和他長兄相談時，我提出我們的婚事，她哥哥同意，我打鐵趁熱，隨向她求婚，她笑著點頭，我將條項鍊套上她美白的脖子上，倆人拉手擁抱，大事定了！

民國六十年七月十八日，訂婚、結婚一起來。四十六年來她全心全力照顧一對兒女和我，現兒女有成。我也盡心力呵護她，她是家務總理兼財政部長，有她打理這個家，我一向是逍遙自在人！

寫於民國107年2月

我的家規

「棒下出孝子」的古訓，雖有些不合乎今天的潮流，但是「養不教，父之過」仍有它的哲理在。男女兩性結合生孩子，是生理正常人的自然現象，實在沒甚麼值得誇耀的，而教育子女成爲有用的人，才是爲人父母的責任與天職。我有兩個孩子，是我們夫婦心目中的一對寶，因此我們也就把全副精神放在他姊弟身上。每次枕邊細語時，討論的多是管教孩子的事。我們定了幾條不成文的家規：

（一）從生活教育著手，因爲「生活教育是一切教育的起點，也是一切教育的基礎。」基於此，在孩子的飲食起居方面，培養他們定時定量的習慣，經妻耐心的調教一段日子，兩個寶貝入學以前吃、玩、睡的守時如標準鐘。入學後才有些變化，是因爲低年級時，一週上午課，一週下午課，這對兒童生活習慣培養，是非常不利的。現在政府大力實施消除二部制，眞是一大德政，也是兒童的福音。

（二）培養孩子不偏食以及不買零食的習慣。有一段時間，妻買了兩個很漂亮的飯盒，每次進餐時，把菜平分到他們兩人的餐盒中，鼓勵他們各自吃光。經過一段時日，兩個孩子甚麼菜都吃才停止分菜，現在姊弟兩人沒有偏食毛病。至於不買零食，要歸功天下慈母心，妻為此特去家政班學做各種麵食點心。因此兩寶貝所吃零食，都是妻親手做的，既經濟又實惠，更不要擔心不衛生。

（三）培養孩子守時的觀念。為了培養時間觀念，家裡定了一條「單行法規」，姊弟兩人外出玩兒，必須向媽媽說明去處以及回來時間。逾時不歸，超過多少時間，就在祖先神位前跪多少時間。記得遠兒讀一年級時，有一次去同學家玩兒，超過回來時間二十分鐘，就罰他跪十多分鐘，還是寧兒代弟弟說情才減半的。從那以後再沒有逾時不歸了。有時不能按時回來，也會打電話報告行蹤，我的守時教育收到預期的效果。

（四）輔導學業。我也定了兩個原則，一是不代孩子讀書。他們入學到今天，有疑難時，我們只指導解決疑難的方法，從不告訴答案，答案由他自己去找尋。二是鼓勵他們讀書不欠賬。所謂不欠賬，就是小腦袋裡不要有「？」，有不明白的，在校問老師，回家問父母，當天課程當天弄清楚，永久保有個清明頭腦，以備接受新的知識。

（五）倫理的實踐教育，以培養孩子「長幼有序」的觀念。遠兒頭腦靈敏，手腳也快，常常欺侮姊姊，於是我採取迂迴方法，抑制遠兒以小吃大的毛病。規定寧兒負責檢查弟弟作業，及解答疑難問題。如此一來，遠兒有難題時，就得以禮相請姊姊幫忙，間接培養了遠兒以小敬大的觀念。例如最近三年除夕夜，姊弟兩人給愚夫婦磕頭拜年，拿了紅包後，寧兒也學樣端坐在椅子上，遠兒就會跪在寧兒面前，給姊姊磕頭拜年，做姊姊的會很大方的給弟弟兩百元紅包。兩個寶貝像演戲似的，愚夫婦是看在眼裡，樂在心中。

（六）給孩子安排休閒活動。貪玩是孩子們的天性，若整天都玩兒，天分好的也會玩兒野了。因此，我又定了條「單行法規」，星期或假日，若不是全家外出，上午十一時前，不許他兩人出外玩兒。在家做甚麼，不硬性規定，反正他們房中有報紙雜誌，及各種兒童讀物，還各有兩張桌子，一張做功課，另一張用來畫圖練書法，寧兒還有鋼琴。總之，琴、棋、書、畫的用具應有盡有，做甚麼隨其所好，不到十一時不准下樓玩兒。有時妻和我也參加他們行列，指導畫畫練字，聽女兒彈琴，和兒子下棋，偶爾全家來個「大合叫（唱）」，這是我們經常的休閒活動，也是一家最開心的時候。

總之，有耕耘就有收穫，兩個寶貝在妻的細心調教下，的確都夠六十分。在健康上發育良好，十一歲多的寧兒，身高一百四十四公分，重三十二公斤，雖有些微「排骨」，卻很健康。九歲多的遠兒，身高一百三十八公分，重三十六公斤，壯得像頭小牛。學業方面每次考試名列前茅，而且兩個都是十項全能者，在校代表班級參加各項比賽，只要參加就得獎，兩個所得的各項獎狀有幾十張。尤其遠兒生於虎年，野起來也像小老虎，做起事來卻有板有眼，讀起書來專心一志，旁若無人。讀三年書，月（期）考計十六次，有十四次考滿分。是個「動如脫兔，靜如處子」的孩子，也是個人見人愛的小男孩兒。因他不但聰敏，還有一張他媽媽那樣的面孔，漂亮就是漂亮！

我關心兩個寶貝的教育，但是從不要求他們考第一名或滿分，因我不主張把孩子教育成機械人。所以公餘之暇，就儘量和他們在一起玩兒，希望能寓教育於玩樂，在玩耍中糾正他們不當的言行，培養他們天眞活潑的氣質，待人接物的禮節，與愛鄉愛國的民族意識。有一年過年，我寫了一副門聯：一兒一女活潑可愛，教忠教孝保我家風。橫聯是家庭計畫國際標準。這雖是應年景的塗鴉，卻也是我對兩個孩子所期許的心聲。我從不奢望他們成龍成鳳，卻殷望他們長大成人後，能做個知書達理的人，不要成爲社會的累贅，如此，我就心滿意足，免得落個「養不教，父之過」的罪名。

見刊於民國72年9月9日《國語日報》

且收錄在《國語日報》於民國73年出版之《孩子，孩子！》一書

婦唱夫隨的收穫

在兒女長大成人，且皆在外地求學後，太太每天在家閒著無聊，無精打采的，於是我建議她去當義工，並提議去學校看圖書室，輔導小朋友們看書，與借（還）書登記工作。她欣然接受我的提議，開始當起義工來，這是她從事義工的開始。

在過去幾年的日子裡，她有多項義務工作：學校愛心媽媽、鄉慈善會連絡人、鄉婦女會委員、民服站志工幹部、社區土風舞班長、社區環保義工隊副隊長、學區讀書會會長，又是本鄰六十二住戶的鄰長。她的忙勁可想而知，所以舍下的電話，多是找金媽媽的！

她的身體偶有小毛病，但自當義工後，彷彿忙得沒有時間生病了；體型雖沒有多大改變，卻也沒有「橫向」發展，應是當義工的一得，以前我還常勸她：凡事量力而爲，不要太累了。但看她終日笑口常開，對各項工作多能駕輕就熟的樣子，也就由她了。

我退休後，空閒的時間多了，而她的義務工作也逐漸增加，還常到鄉公所或縣府開會，爲減輕她的勞累及安全顧慮，我常開車接送她。時間久了，耳濡目染的結果，發覺她的工作很有意義。於是，我有了「婦唱夫隨」的念頭，參加了我能勝任的義工行列。首先加入慈善會，且是永久會員，其次是成立書法社，義務教授書法，接著又加入社區環保義工隊，每週日清晨沿街打掃，清除垃圾。

自從參加義工行列後，有感精神生活充實許多，人際關係也熱絡起來！每於大夥兒一起工作時，有說有笑，忘了老之將至，且結識了許多忘年小友。自此體會到老伴當了義工後，終日春風滿面、笑口常開，一些小毛病也不藥而癒的緣由。

我是個習於沒事找事做的人，在工作中尋求樂趣，在樂趣中生活，是我退休後的生活指標。前不久，幾位老同學攜眷聚會，大家都說我沒有一點老態。於是，我將退休後生活概要向大家述說，並敬勸老哥老姊們，要活就要動的重要性，這雖是老生常談，卻是健康長壽、身心愉快的要訣，希望與大家共勉。

見刊於民國89年3月27日《榮光周刊》

美滿幸福生活，賴《新生報》所賜

《新生報》和我結下不解之緣，肇始於民國五十年代初，新副連載——理想夫人、先生時段。斯時我在某訓練基地當教官，每周三分之一時間授課，其餘時間是研究和自修，閒暇時間多得多！而軍中訂報紙的鐵律，訂一份者，就是《中央日報》，兩份者則有《新生報》，是不成文的約定。

教官室人多，故而訂有兩份報紙，在那段時間，大家多搶《中央日報》，而搶閱《新生報》。而我一向不喜與人爭奪，就自己訂份《新生報》，與較要好者共看，閱後就練大字，成家後新生報，也就自然的成了舍下入幕之賓；一晃，三十多年了！尤其近六、七年來，鄉內新生報營業處李榮進先生我們已熟悉了，他每年來舍下收取報費，正合我凡事講究一勞永逸的格調，因此，新生報和我可說是「老相好」了！

我之偏愛新生報，與工作環境也有些許關係，因離軍職後轉入教育工作。由關心國家大事，轉變爲關心教育方面的事，而新生報是省府發行的，對於教育興革的資訊，較接近我的工作範疇。其次是一向喜歡研讀報章社論，不論看什麼報，都會看看社論，而多年來新生報的社論，無論是論人、事、物都較客觀，只論是非公理與正義，少有潑婦罵街，及捕風捉影的八卦新聞，是難能可貴的，也是在我心目中得寵的一環。

除了喜歡閱讀社論外，方塊文章是另一所愛，我的剪報簿裡多是方塊文章。而近幾年來，小偏方治大病，及食譜方面文章，爲拙內所愛，她的幾本剪報簿，多是上兩項作品。簡而言之，看報剪報，已成愚夫婦生活一部分。因兩個孩子自上高中，姊弟倆就自買自己喜歡的報紙看，大畢後各有所事，很少在家，新生報成了愚夫婦的專利品！

不是自己往臉上貼金，我的性格是凡事寧缺勿濫，對選擇另一半，新副連載的理想夫人，發酵了邊際效用，結婚前，心裡就有準繩與標的，她就是在標的範圍內當選的，而且選對了。婚後三十年來，在學區內，多人知我有位賢妻良母！因此，我的美滿婚姻，及晚年的幸福生活，可說是賴新生報所賜！

「我與新生報」徵文入選作，見刊於約民國90年《台灣新生報》

退休老公行ㄏㄤˊ行ㄏㄤˊ好

近來，老伴在本刊拜讀到對她有利的佳作時，總是強迫我和她共享。前陣子看了篇「退休老公行行好」的妙文，她有如天涯逢知己般開心，還叫我看。我看了後不覺莞爾，胡謅道：「這作者是在稱讚她老公行ㄏㄤˊ行ㄏㄤˊ好，就是樣樣好的意思。」老伴不屑的說：「什麼行ㄏㄤˊ行ㄏㄤˊ好？是教她老公行行好，不要吃飽無事幹，專在雞蛋裡挑骨頭，數落老婆的不是。你剛退休時就是那樣！」看她好像要和我算老帳似的，我當然是沉默以對，才是上策。

我弱冠從軍，二尺半穿了二十年，一次車禍斷根鎖骨而離軍職，讀了兩年師資科，轉任教育工作廿五年。在軍中講究「以身作則」，教育工作強調「身教重於言教」，因此，四十六年多的公職生涯，一直身處井然有序的環境中，規律的生活已定了型。

婚後卅多年，每日早出晚歸，家事老伴全權處理，她是家務總理兼財政部長。十年前，兩個孩子先後去台北政大就讀，再沒人好管，她面臨「失業」的窘境。我擔心她飽食終日無所事事，因此建議她去學校當義工，她欣然接受，開始當起義工，並參加慈善活動、讀書會及土風舞班。她走出去了！

我退休後，她有了看家的替身，更加有恃無恐的拓展領域，鄉內各婦女團體她都有分。由於她熱心公益，什麼理事、監事暨「長」字號的頭銜有十多個，舍下的電話多是找金媽媽的。她就這樣，每天忙進忙出的。爲了安全，幾年來，她到縣府、鄉公所及各團體開會，多是我開車送接。

我一向生活規律，還稍有潔癖，退休後除蒔花栽草，就整理內外環境。她被我同化了，隨我同步起舞，清掃內外，擦拭擺設。現在室內外雖不敢說窗明几淨，卻也不遠矣。

現在，除了老伴肯定我這個退休老公行ㄏㄤˊ行ㄏㄤˊ好外，她參與的團體裡的女士們，也都說老伴有個跟班的好老公。其實，何止是跟班兼司機，我還負責看門戶呢！因她三天兩頭就要開會或參加各種活動。

我的法則是：只要她生活愉快與健康，我就滿意了。充當跟班司機與看家，都比陪她去醫院看病，好得太多太多了！

見刊於民國92年1月10日《聯合報》

拒食從小做起

小三時，一天氣候炎熱，放學後在路上買了枝冰棒，但想到母親規定，在外買什麼食物要拿回家，經她檢查後才可吃，於是拿著冰棒往家跑，而學校距我家約二公里，等我回到家，手中的冰棒只剩「棒」而無冰了！

二姊笑我是小傻瓜，被母親訓了一頓，並罰她去幫我買枝冰棒補償。

婚後有了兒女，為了傳承家規，也不許孩子在外買零食，偶爾買了，一定要經他們的母親檢查後才可吃。姊弟倆大概是嫌麻煩，很少在外買零嘴。反正家中有他們喜歡的零食，有妻篩選買回來的、也有妻親手做的。

不許孩子買零嘴吃，一是對食物品質存懷疑態度，二是小孩子終日零食不離嘴，到正餐時會敷衍了事，不專心進食。

舍下是少吃零嘴的族群，但兩個孩子發育良好，讀書也屬一流，都是明星高中、國立大學畢業，寶貝女兒還到舊金山大學拿個企管碩士回來！因此，我認為小孩子們，若終日以零嘴果腹，可是有害無益的。

見刊於民國92年10月9日《聯合報》

意外的收穫

我是個又窮又愛乾淨的人，即有謂「窮乾淨者」。廿五年教職生涯中，三分之二的歲月，兼任訓（輔）導主任工作，常出差參加各種研習與教學觀摩會。而國小經費有限，出差是沒有差費的，只有往返車資和六十元午餐費。

六十元吃碗陽春麵是夠的，但我很少在小攤上吃東西的。若進小館，起碼要二百元，想到獨享不如眾享。二百元一家四口打次小牙祭，自己一餐不吃不會怎樣，乾脆放胃半天「公休假」！

回到家，內人知我未吃午餐，心疼得……，斯時卻也使人很窩心，算是邊際效用的小收穫。因此，以後也就習慣了，凡是我的出差日，就是胃的公休日！

退休後，兩個寶貝兒女，特別關心我的健康。四年前，姊弟倆跑到台中一所醫學中心，給我登記全身健康大檢查，一切手續辦好後才告訴我。

在硬趕鴨子上架的情境下，做次全身健康檢查。結果，除膽固醇稍低外，其他一切皆好，且註記沒有癌細胞。全家人皆大歡喜，女兒還要我每年檢查一次，她出錢，孝心可嘉！

在常放「胃」公假期，並沒存「保胃戰」的理念，純因我有點窮乾淨的毛病。今天有個健康的胃，算是無心插柳柳成蔭吧！

見刊於民國92年12月25日《聯合報》

我不老，走出健康之路

拜讀榮副第二〇六〇期所刊李仁學先生《走路可緩老》，大有遇知音般的欣喜，因我也閒行獨吟了半世紀！

談起走路，在軍中二十多年間，前十年在連隊，至民國四十六年元月調指揮部參謀，後擔任教官，除了週會，早起後多獨自散步到野外運動，至五十六年七月退伍，當了十年獨「行」俠。

五十八年擔任教職，學校距大甲溪約十多分鐘路程，每晚放學後，直接到溪畔散步。佇立岸邊，聽淙淙流水聲，靜觀遠山夕陽。有時不免會撩起「羈鳥戀舊林，池魚思故淵」的鄉愁，再興起「問君能有幾多愁，恰似一江春水向東流」之感！

八十三年二月退休之後，當了幾年環保義工，有時候晨起打掃街道，不然就到郊外運動。每天一早，要步行五公里，再做約二十分鐘的健身操，活動好全身關節；傍晚再到單車專用道，騎上一個多小時腳踏車。

我一向崇尚自然，對事不加工加料，維護健康方面亦然；只是生活規律，喜愛運動，尤其是獨行了五十多年的「走路」。如此這般，成了退休制式生活和運動生活要項。

我生於民國十七年中秋節前兩天，按民俗算法，已是八旬之齡，但每次聚會，見到昔日的師友、學生，都說我一點老態都沒有；果眞如此，主要即是五十多年間，走出來的健康！

見刊於民國96年10月17日《榮光周刊》

「屁」值萬金！

友朋們稱我爲鐵人，我也常玩笑的說：國人都像我的話，醫院多要關門大吉了。而我從事教育工作，每年都有健檢，且年年OK。誰知七十九年初，常感胸悶，腹痛如絞，經醫院超音波檢查，病源是——膽結石！

據大夫說除非動手術外，別無良法以除後患。一聽要開刀，花甲之年的我，還是大姑娘坐花轎頭一回呢！但想病根不除，疼痛無盡期，開刀雖痛，短痛比經常痛好，決定挨一刀。一向愛靜，我選住醫院套房式病房，房中設置與自家一樣，藉此過幾天清閒日子也好。

六月七日上午十時，進了手術房後，心情雖有些緊張，未敢流露於外，怕影響內人，因她比我這要挨刀的人緊張，故在打麻醉針前，仍談笑如常。下午兩點多醒過來時，內人高興的告訴我，大夫說手術非常成功。但我有口難言，戴有氧氣口罩，身上也插幾根管子。

有謂不經一事，不長一智，我們平時對隨意放「屁」者，都會厭惡至極。但在大手術後的患者言，可是一「屁」值萬金，若患者手術後，三天內未放「屁」的話，主治大夫都會冒冷汗的，不信去問醫師一下。

而我術後第二天就放氣了，第三天就下床行動，恢復之快，主治大夫視我是稀奇老人，眞的，現我已是八十多歲老人，還每日步行幾公里路，人稱健康老人！

見刊於民國99年7月5日《聯合報》

我的魔術老婆

婚後，我將存款簿交給老婆，老婆開始擔起家務總理兼財政部長重任。四十多年過去了，我很少過問錢的事，我服務國小，薪水直接撥入郵局，家用由老婆到郵局領。

結婚時還租房住，五年後老婆提議買房子，我問：「拿啥買？」老婆回：「你不用管。」翌日老婆回娘家一趟，向內兄和姨妹借了二十萬無利息錢，再向銀行貸款二十萬元，加上已有存款，大概花了六十四萬多元買了個窩。對我來說，那是天文數字，但老婆像魔術師般能由無變有！

買房子後苦了六、七年，老婆以客廳做工廠，從事手工加工業；而我則開始學爬格子，除了寫稿外，還苦讀參加考試，僥倖高考教育行政及格，於是薪水和職務都跟著調整，日子也好過多了。

四年前，老婆提議在台北幫兒子買房子，免得他到處搬家。我一聽傻了，在台北買間房子，起碼要千萬元以上，錢從哪裡來？但我只能順水推舟由她全權處理。老婆到台北後，約半個月就買了房子！家裡存款足夠付頭期款，裝潢由孩子出錢。一切就緒後，我到台北，告訴計程車司機先生地址時，司機說：「那是高級住宅區。」

我由無立錐之地，現在竟能在台中市、台北市各有一處不錯的窩，連女兒留學美國費用，也皆由魔術老婆籌措，老婆的由無變有的功夫，我望塵莫及。

見刊於民國101年5月18日《聯合報》

教老伴下棋，娛己也娛人

年輕時在軍中二十年，過著可謂機械式生活。活躍老化，首在預防老化，對老年生活要未雨綢繆。

二十多年前，在電視上看到一位老人自己下象棋，下了紅子，再跑對面下藍子，一個人圍繞著長方桌子轉，使人莞爾。這提醒了我，退休時，兒女均已成人，家成空巢是必然，因此，開始教老伴下棋。

先講棋子走法，如馬走日字，相走田字，小卒一去不復還等。每天都下幾盤，先讓她車馬炮三子，進而讓二子，再讓個車，她進步神速，青出於藍，現常被她殺得丟盔卸甲，教師爺顏面盡失。

一日為找回顏面，專心與她大戰，連贏她七盤，但太座喊出驚人之語，說她一定要贏兩盤，否則不做晚飯，要挑燈夜戰。

一聽，我傻了，笑著說：「稍安勿躁，做一下深呼吸，再下妳定會贏！」想想，不放水不行，否則五臟廟要抗議。

從此她「輸棋不做飯」的驚人之語成爲笑話，據她自白，閨中好友們聽了，都捧腹大笑！看來，我倆下棋，娛己也娛人。

下棋除了娛樂，尚可阻隔老人失智症於門外。我的規律生活，加上娛樂方式，雖已是八十有七，卻愈老愈活躍，如同老頑童。

見刊於民國103年3月1日《聯合報》

兒子找到白雪公主

兒子三十歲時，我買部休旅車送他當生日禮物，也暗示他三十而立了。他母親敲邊鼓的說：「兒子有部好車，可帶女朋友旅遊了。」

從那時起，他母親的同學和好友幫他介紹幾個女友，但相親了幾次都沒結果。大約半年多前，我接電話時，兒子主動說：「爸，我交女朋友了。」我應了聲說認眞點，因幾次相親皆無下文，我有些麻木了。

兒女每晚都會打電話回家報平安，這是我的要求，二十年來從未間斷。看老伴在電話中和兒女談笑情形，也是一天中的樂趣之一。有一晚我接電話，是兒子打來的，隨口問他和女友交往的情形如何，兒子高興的說很好，已見過她母親幾次了；女友母親說他很有禮貌。再問了句，你女友做啥工作？兒子答是位老師。一聽到女方是位國小老師，我精神隨之一震。這小子幾年來尋尋覓覓就是想找位教育工作者，以彌補他姊弟當初未讀師大，老爸心中淡淡的遺憾。

去年四月間，初次見到他的女友時，一看是位才貌雙全、氣質優雅的國小教師，我們夫婦從心坎裡喜歡這位未來的兒媳婦，我也開始了解兒子的孝心和苦心！有謂皇天不負苦心人，兒子終於找到了他愛的與愛他的白雪公主當伴侶，並能傳承金家世代的教育工作。

上周爲兒子舉辦文定典禮，我們高興，親家母也異常開心。親家母具有中國婦女傳統的美德，也有見多識廣的現代婦女理念，我們見過三次面，就訂定了她的愛女和小兒的婚事。

討論文定事時，她說要依古禮辦，小聘錢則由女兒收，大聘錢擺擺樣子，禮金她不收。文定前十天，她告訴小兒，大聘禮金不要擺樣子了，因在飯店舉辦文定典禮，人多手雜，免生意外。她開明的理念與作風，讓我由衷敬佩！

見刊於民國103年6月15日《聯合報》

感謝孩子為我兩老安排健檢

最近十多年來，每隔一年就健檢。

七十歲那年，兩個孩子爲我作壽，我沒答應，姊弟倆不將他們準備錢不花掉，似乎不甘心。他們私自到醫院幫我們夫婦掛號，還訂了間總統套房作健檢。

我自知健康沒問題，不想去，然老伴卻說，檢查一下，有病早治療，沒病也就心安了。預定健檢日和老伴去檢查，在醫院待二十八小時，檢查些什麼記不清，不過是個愉快的經驗，老伴形容是二度蜜月！

檢查一周後，醫院寄來二本健檢結果說明書。

我的膽固醇稍低，沒有癌細胞徵候，其他一切良好。看後我頗自負，我這健康老人，豈是浪得虛名。

但看了老伴的健檢結果，興奮心情涼了一半，她有心臟病及高血壓，需及時治療。

於是這十多年，爲老伴的病跑遍中部各醫院，且有段時日氣喘厲害，後來發現是心臟衰竭，現每月複診，病況算是穩定。我常開玩笑，沒有健檢，今天可能沒人陪我下棋，玩撲克牌了。我們感謝兩個孩子，健檢功效也不可沒。

見刊於民國103年9月23日《聯合報》

蘭嶼之遊驚魂記

俗說「一朝被蛇咬，十年怕井繩」，有次險些斷魂蘭嶼機場的旅遊經歷，從那不喜坐飛機。過去卅多年中，除因公去澎湖兩次、回大陸探親兩次外，再未坐過飛機。

退休後的活動領域，遠處是我的老爺車能到達的景點，近處是兩條腿能爬上爬下的地方，都是我樂而不輟的遊覽處所。至於出國旅遊，一律敬謝不敏。老伴和兒女曾多次出國，抱著放牛吃草情懷，樂觀其行、拿鈔票也心甘情願。而自己則抱著觀景不如聽景，秀才不出門，能知天下事。

蘭嶼之行，是由教育局人事課主辦的，參加的是各校主辦與人事課業務有關人員，多是中小學教師和主任們，人事課長爲總領隊。預定行程是四天三夜，端午節當天下午四時前返回原點，大家可自行回家過節。

當天晨九時出發，到高雄時近中午，走馬觀花般參觀中國造船廠及港口碼頭後，到飯店午餐。約休息一小時，繼續行程。本預定參觀知本農場，但車隊到太武間，海風大海浪更大！爲了安全，知本之行作罷，直奔台東成功市，首日行程結束，夜宿成功市。

翌日九時到機場，分批坐小飛機去蘭嶼，約十時我和九位團員坐上飛機，內心無比興奮，久欲嚮往的蘭嶼，就在眼底了。但事出意外，飛機降落時，不知何故竟偏離跑道，向右傾斜沖入草地裡！我是坐在右邊靠窗位置，對草地前景，一目了然。當看到草地裡有大石頭，更加深心中的驚恐，在想飛機撞到飛機起火，我們可能成為火燒雞，若爆炸了，我們也得粉身碎骨與飛機同歸，魂斷蘭嶼定了！在那三分鐘，誰若說沒有害怕，是騙人的。

還好，我佛庇佑，飛機沖入草地時，速度減慢，進而仍稍傾斜著停下了。大家依序從左艙門跳下，腳踏實地後，都大大吐了口氣，算是驚魂始定了！

在蘭嶼呆了兩天兩夜，坐著特有的遊覽車，到各部落參觀。又到海岸觀光下，什麼饅頭山、獨木舟等，至於做了些啥？已記憶模糊了。但有一事印象較深，即各部落均有政府建的磚瓦新房子，贈與原民住的。然原住民仍然住在他們用木棒架在樹上房子，卻沒人住進政府贈與的房子。我曾向懂國語的年輕人探詢過原因，回答是他們自建房子，住在裡頭是冬暖夏涼，政府建的恰恰相反，是夏熱冬冷！想原民願住架在樹上的房子，固然習慣使然，但政府所贈予的房子，也有檢討空間。歷年所見聞，各級政府為民做事，多是依在辦公室訂定計畫而行，閉門造車，少有人去實地了解民眾眞正的需要。過去如此，現陋習仍未改多少，是民眾不知所從也，也是政府的危機所在也！

有謂「福不雙至，禍不單行」，依行程端午節上午，乘機往台東成功機場，隨即回高雄午餐，而後賦歸。然人算不如天算，當日早起出外一看，雲霧掩蓋了整個蘭嶼，誇張點說是伸手不見五指，飛機不能起飛，直到下午二時，才撥雲見日。我們回到成功機場，繼而乘車回高雄，當到高雄時已是萬家燈火，午餐變成晚餐了。在大家歸心似箭情境下，餐後休息不久，司機先生就開車上路。但當我們回到起點豐原時，時屆午夜，再坐計程車回到家時，已是又一天開始了。

進院後看客廳燈還亮著，在敲門時隔著玻璃看見妻子如驚弓之鳥似地跳起來，開門時冒了句：「擔心死了！」繼說兩個孩子直在唸：「爸爸說回家過節……」剎那內心異常激動，那天若眞魂斷蘭嶼，她和兩個孩子，豈不成了孤兒寡婦！走進寢室看孩子時，姊弟倆睡態與平日不同，眼角好像有淚痕似的，於是使我再次激動，就在那刻心中訂了個腹案——今後非公務不再坐飛機旅遊，免得妻兒爲我擔心害怕。

蘭嶼機場驚魂演出後，從那起非公務未再乘過飛機。別人可能說我膽小怕死，但自己檢討下，我彷彿是受益良多者：一是省下一筆出國旅費。二是在國內旅遊，情境是悠遊自在，身心沒有滴點驚悸不安的負擔。三是金錢用在國內，政府可減少些許外匯付出，我也算是間接愛國者。以上皆應拜蘭嶼機場驚魂記所賜！

寫於民國100年5月26日

逛太魯閣——憶先賢！

去年（民一〇三）八月中旬，陪老伴到台北心臟病複診，而老伴每到台北就施展她的廚技，說要清除三個孩子腸胃中的垃圾。女兒知我們到台北，晚上下班就直奔弟弟家吃媽媽味的晚餐。飯後閒聊，老伴和兒女們談旅遊各國的見聞，我說句，我來台六十多年，連花蓮都沒去過。女兒聽我話後異常驚訝，急說十月間陪爸媽遊花蓮逛太魯閣，我回句到時再說。

女兒是旅遊達人，在美國讀書時，把美國東西岸各城市走透透。她說陪吾兩老去花蓮遊，就由她安排。十月中旬電話告訴我，去太魯閣的旅館和車票都訂好了，請我們十八號前到台北。十八日乘太魯閣號去花蓮。

一趟太魯閣之旅，不能說趁興而去、敗興而歸，給我帶回些許感傷與感觸！因我太魯閣之旅是醉翁之意不在酒。只想看看經國先生，如何領導榮民伙伴們，開闢中橫公路的情況。因此，在去太魯閣路上，有哪些觀光點，根本沒留意，只記得清水斷崖和綠水步道。我注意的是公路開闢狀況，留給我印象最深有三處：

一是經過燕子口那段單行道時，見右側牆壁凹凸不平，心中正疑惑，司機先生主動說明：這段路不能用炸藥和機器，是經國先生領導榮民弟兄們用榔頭鐵鎚和鑿子，一塊一塊打出這段路！聽得我吸口冷氣，對榮民伙伴是敬佩還是憐憫，心中有些矛盾。

二是橫跨老茬溪上一座三百多公尺長的吊橋，一位母子相依爲命的工程師，爲建橋而殉職，其母悲痛可想而知。經國先生爲感念殉職者，故命名該橋爲——慈母橋！橋頭立有紀念碑，有經國先生撰文，敘述建橋經緯，且在中華民國x年x月x日立，後面有「岸邊埋屍骨，深閨夢中人！」是經國先生寫的、還是刻碑師傅有感而刻的？不得而知。卻給我很大震撼，我聯想到「醉臥沙場，古來征戰幾人回！」進而想到一起從軍的七十八位同學們，三十九年四月部隊轉進來台時，只剩我和趙連發二人，趙學長於十五年前，因罹患TB病而謝世，現只剩我一個。同成了「慈母倚門望，深閨夢中人」的我，能不感傷嗎？

三在長春祠停車場，司機先生解說：長春祠的山頂上，埋葬二百二十五位爲開中橫公路殉職者，祠中石碑刻有殉職者名字，留後人緬懷追思。若去祠中參觀，往返要兩小時，想我去可能要四小時，我來晚二十年，不然去看一下有無戰友？

感觸：自從軍迄今近七十年，在歷盡滄桑的歲月中，聽、看很多肉食的軍政大員們，日喊救國救民，暗謀私人功利者不在少數，看多了令人心寒。我離公職後就當老宅男，此次旅遊，是想看下中橫公路而已。

經國先生領導榮民伙伴們，歷經千辛萬苦開闢中橫公路，打通前山後山的交通命脈，使全台貨暢其流、互補有無，也使人才交流，每個人都可找自己願意的工作場所。爲同胞們的生計和生活改善，奠定了千秋萬載的宏碁，他付出的辛苦，何人能比？

他任國防部長、行政院長以及總統，他領導的團隊都竭盡忠誠勤敏服務國家，原因是上行下效，因經國先生在公職期，都竭盡心智，擘畫國家建設；造福全民各項措施與方針，皆以民富國強爲標的，無滴點個人功利之念。擔任國家領導者那段時日中，國勢是亞洲四小龍之首，台灣的錢淹腳面。凡事以人民爲第一，爲國家富強、人民幸福爲職志。抱著「鞠躬盡瘁，死而後已」的精神與心智奉獻終生！他的豐功偉業怎不另有人性良知的熱血國人敬佩與追念呢！若太史公仍在，早就將經國先生登錄在明君賢相的史冊上了。

然今天尚有幾人記得創造台灣政經奇蹟的領航者？可悲先賢已逝！繼其志業者無人，今天國事日非，從四小龍之首，將步希臘後塵，怎不令人感傷和感觸？我是否罹患杞人憂天病？愚不知。

太魯閣之旅已過去八九個月，但給的感傷和感觸始終在心靈身處徘徊，如鯁在喉，不吐不快，寫此拙文，不是歌功頌德，也不擅其道，只是將所見聞心中的感受，據實寫出來，這是篇記實拙文而已。

太魯閣之旅唯一收穫，讓我瞭解了山前山後、今昔大不同，想探知中橫開闢的經緯心願已了。對位明君賢相的經國先生，增加份更深遠的追思！

寫於民國104年8月

鶼鰈情深

我十八歲到三十九歲的軍旅生涯，共二十年又三個月，置生死於度外，擔任保國衛民工作。多少個年節都在戰壕溝中渡過，因此，對年節及什麼紀念日，一向漠然視之。有天，老伴繞圈子問我，七月十八日是什麼日子？我回答去榮總眼科複診，她又來一句，女兒生日是哪天？一語驚醒夢中人，因女兒是我們結婚週年次日報到的，於是我訝異的說：「明天是我們結婚紀念日啊！」老伴笑著回句：「你還沒忘結婚的日子，難得。」我過慣沒有年節的日子，隨口拍馬屁說：「明晚不要做晚飯，到榮總後面美食街大吃一餐，慶祝一下。」

掐指一算，已結婚四十五年了，這些年酸甜苦辣日子的往事，歷歷如昨，最能體會的是老伴。因婚後玩了幾天回來，我就將私章和存款簿交給她了。老伴就開始擔負起家務總理兼任財政部長重責，我過著不知柴米貴的太平日子。四十五年中多少難關和困乏的日子，她都默默的撐過去。對我來說，永生難忘的困苦日子，是初買房子的那段時光。我們存款有限，她卻要買房子，問她如何籌錢呢？她回話不要你管。

次日回趟娘家後說：「錢有了」，經打探是她向內兄和姨妹借了近二十萬無息貸款，再向銀行貸二十萬元。

家長會王會長聽我要貸款買房子，主動要爲我招個二十萬元的會。但我的性格是上山擒虎易，開口告人難，而理念是世間最難償的是人情債，不想爲買個窩，欠太多的人情債，故而婉謝了王會長的美意。

房子買了，流浪半生有了立錐之地，是一大喜事，但也是困苦日子的開始。我的薪水繳貸款八千六百元，再給兩個孩子買足月奶粉後，去了大半。生活及雜支費全靠老伴把客廳變工廠，拿加工品做，賺些錢，維持家計。

我永生難忘的是每晚回家也幫著老伴。記得，有種長十五公分，寬七公分膠皮，往上搽膠水，搽一片八分錢，百片八元錢！有時想到我生長在耕讀世家，童年時，先父祖是教書先生。我出身於陸軍官校，退役後轉教職，又是教育行政高考及格的教師，爲了買個棲身的窩，竟搽一片八分錢的膠皮，不免令人心寒與苦酸的滋味。但又想多幫一分的忙，可減老伴一分辛勞，因她太辛苦了。

每提及往事時，孩子們不教我提那些心酸的往事，我則警告他們「有時勿忘無時」，那搽一片八分錢的事，我永生不會忘的。並告誡他們有今天、有房子、車子及安穩的工作，是你母親大半生的辛勞，我那一片八分錢，也有積沙成塔的功用，我不忘，希望你們也不要忘。

俗云苦盡甘來，現在是甘來了，兩個孩子學有所成。女兒是美國企管碩士，擔任協理。兒子在一家外商公司任經理，兒媳是位碩士教師。我每月所得足供我和老伴粗茶淡飯，綽綽有餘。偶爾外出吃次美味，也不是什麼負擔。不過，很少外食，因老伴是美食鑽研者，無論甚麼食材，經她巧手皆能變成美味佳餚。

七月十七日傍晚和老伴相談，她的論點始終在我心靈深處環繞，如鯁在喉。總之，我虧欠她太多太多了，謹以此拙文代表萬分歉疚，虔誠的感激老伴大半生的辛勞！

原投稿文章名《四十五年的苦辣酸甜！》

見刊於民國105年10月19日《榮光周刊》

奔波一年，總算留住陪我下棋的人！

老伴（拙內）本有心臟病及右腿失能症，已十幾年了。去年九月三十日，從台中包計程車到台北兒子家，因十月一日心臟病複診。兒子媳婦都是上班族，我們自備午餐，飯後小睡一會。約三點半老伴睡醒說肚子痛，我即帶她到診所，診後醫師說可能是結石，要到大醫院檢查。

隨打電話給小兒，要他請假帶他母親去檢查，約五點時執教的兒媳開車來接，說小兒直接到醫院等，遂將老伴交給兒媳帶走。近晚十二點時，兩個孩子才回來，兒子說是膽結石，明天轉林口長庚醫院。但經驗告訴我，到長庚又要做各項檢查，最後是否敢動手術？因老伴右腿失能時，查出病源，講好自費十七萬元動手術裝支架，因老伴有心臟病，動手術是五五波，先以藥治免風險。

而老伴心臟病是在台北中心診所，由位曾永平大夫醫治已近十年，老伴能否開刀，只有曾大夫可知。隨指示兒子將老伴轉中心診所。到那經檢查後說，膽結石已到飽和點，須盡速開刀。經診所外科主任王政宗和曾主任會診後，決定十月四日動手術。

開刀後，膽汁流不停，在病房裡待了廿八天。給她換藥的護理師們說她得的是惡魔型的結石，她們從未經歷過。然到出院前兩天膽汁不流了，王主任告知可出院回家靜養，定時回診。隨將老伴安置在女兒家，因兒子家是三樓無電梯公寓，姊弟兩相隔步行五分鐘路程，我則兩頭跑，白天到女兒家照顧老伴，待女兒下班回來吃了晚餐再回兒子家。有時兒子來接，有時女兒送我到兒子處，姊弟倆怕我晚間在路上出意外。女兒說得好，照顧一個老媽還可以，我若發生意外，照顧兩老就力不從心了。

我每天上午九點去女兒家接班，一天到女兒處開了門母女皆不在，茶几上放一紙條：「爸，媽昨晚入廁摔了，我帶媽去長庚醫院檢查。」看了便條，我傻了，眞是禍不單行！電話聯絡，女兒告知老伴左鎖骨摔裂開了。從此我成了計程車和醫院的常客，而老伴等於是我身邊不定時炸彈。姊弟倆怕我累倒，在申請外傭到前，竟從人力公司請來日薪兩千六百元的看護小姐，計算一下連吃喝一天大約要三千元，我問兒子，他卻回答：「爸好好照顧自己身體，錢不要您管，我和姊商量好會盡力保護爸媽，您不要操心。」兒子的話，聽得我眼眶有些濕潤，回了句：「好吧，你們的孝心，天地和我佛可鑒！」

今年四月三日外傭來了，她的月薪連吃喝一個月大概三萬元，姊弟倆輪流負擔，不是問題。但一波未平一波又起，老伴一晚發高燒肚子疼，隨叫車送到署立豐原醫院掛急診，初步檢視說膽管有問題，經用內視鏡嘗試打通阻塞處但失敗，隨建議回台北找膽結石動刀的醫師治療較好。回家休息一天，叫計程車趕去台北，而為她在中心診所動手術的王政宗醫師也是台安醫院外科主治醫生，兒子與其聯絡後，其叫老伴到台安醫院醫治，該院病房多。詳細檢查後，確定是膽管阻塞，再次用內視鏡嘗試打通還是失敗，但因開刀會是大刀，考慮老伴身體狀況，所以想先用藥物緩解阻塞，開些藥品叫我們回家調養，是此次台北之行的結果。

回到台中家用藥調養，平靜了幾天。六月底某天晚上約十點多，她又發高燒近四十度，並喊肚子痛！隨叫車送台中榮總掛急診。經該院醫師打針吃藥後，安靜下來。將至凌晨她小睡醒來，叫我回家，她由外傭陪就可以了。我這近九十一歲的老灰啊，的確也累了，花四百元叫計程車送回家。但人在家心在醫院，翌日早匆匆沖杯牛奶喝完後，又叫計程車去醫院，主治醫師說要住院觀察病情，隨由急診室轉普通病房，那一觀察就是半個多月。我問老伴想去台北還是在中榮動手術？她決定在中榮醫療，並說榮總醫師會診的科別多且很細心解說病情。而我在榮光報上看過篇中榮新設醫病共享平台，打破傳統垂直分科架構，集各科醫師研究患者病情，她要在中榮治療，我也贊成。

時至七月中旬一天，主治醫師叫她辦出院手續，回家調養儲備體力，七月二十五日動大手術，手術前兩天再回醫院，我們只有照指示辦理一切。

七月二十五日一早，兒子媳婦從台北趕回來、我和提前回台中的女兒，都在七點前到醫院，在老伴進手術房前給她加油打氣！手術進行了九個小時，到下午四點叫家屬進手術室，我們進去一看，余政展醫師手中握一坨割下來的十二指腸、胰頭跟一節膽管！余醫師說手術算是成功，我除了默念聲南無阿彌陀佛外，也跟醫生說幾句謝謝！

知道老伴到恢復室了，等到快六點時，跑馬燈打出她的名字，指示家屬進入探視，女兒陪我先進去，到她病床時，我喊聲老伴，插著呼吸管不能說話的她瞪眼看我一下，我呼一口大氣，心中一塊大石頭總算落下，因最擔心是她有心臟病，承受不了麻醉藥而一睡不起，我在報上看過令人心碎的故事。

翌日轉入加護病房，一住就是十二天！才轉普通病房，可知她病情嚴重性。在他住院期間，每隔一天去看一次，台北的兒女每周末輪流回來，直到她八月十九日出院回家靜養，每周五回診一次，但在中榮回診一次後。余醫師轉職台中慈濟醫院，下次回診得去慈濟醫院，他並給掛了號，我心中想眞是多難之秋！

慈濟醫院早聞其名但卻未去過，坐計程車到哪之後，司機告訴說在哪叫不到車，看完病可打電話叫他來接，往返八百元車資。還好跑了三次，九月十五日看完，余醫師說暫時不用再來回診，若無變化，明年三月再回診即可。聽了等於無期徒刑犯得到大赦令，習慣的又默唸幾聲：「南無阿彌陀佛！請問要注意哪些事項？」醫師說：「注意營養，少吃油質食物。」其實這一年來，把她視爲皇太后般伺候，三個孩子買回很多營養品，如滴雞精、燕窩等。

當我將老伴病情電告兒女時，他們高興極了，但卻未忘叫我保重身體。我回不要每周來回奔波了，你們的孝心感動了天地和我佛！老爸會注意身體，不要擔心。其實我是啞巴吃櫻桃心裡有數。一年來在五家醫院的奔波，總算把和我下棋的人留住了，有她在，抵銷了一切疲勞！

寫於民國106年10月

走路做健康操，90歲健檢無紅字

年輕時服務軍中，多少年節都在槍林彈雨戰壕溝中度過，對年節多漠然視之。擔任陸空作戰聯絡官時，跳過多次傘，那時還沒有黑鷹機，我坐過什麼機？也都忘了。

五十六年從軍中退休轉任教育工作，成家立業，有了子女才重視年節了，因年節是孩子們歡樂的日子。在軍中養成起居定時、飲食有節。雖在坎坷不平的生命里程，已走過九十有四寒暑的歲月，但軍人本質無大變化。對年節應酬，能免則免，實不能免者，則依我養生秘訣：吃飯八分飽、醫院不用跑；飯後走百步、老了沒有病。我有點頑固不化的性格，素不貪食，年節亦然，任何美味佳餚，仍依我的定律：吃八分飽，不是空口說的話，有實證也。五十年前健檢時，身高一六六點五公分、體重五十八公斤，迄今體重仍在五十八至六十二公斤間游移，六十二是紅線，接近紅線時，就少吃多動，很快就回原狀。年輕時期喜歡獨自閒行獨自吟，迄今每天仍走二、三公里，作套三合一健康操，一天不做，就渾身不自在，習慣了。九十歲那年健檢報告無一紅字，醫師稱我是健康老人！

見刊於民國109年1月12日《聯合報》

三次探親三種情懷！

提起兩岸交流來，三十六年四月底家鄉淪陷，在縣城讀高二的我（筆者），在老師們「國家興亡，匹夫有責」的鼓吹下，與我同命相憐的七十八位同學，集體效班超投筆從戎。七十六年正好是我與親人失聯的四十年！

得知老兵可回去探親時，是欣喜欲狂，隨寫信回去找親人不著，即託紅十會和在美國的友人幫忙，但等了近年得到的答案是無人知道。我則以土法煉鋼的辦法，向我讀書的中小學去信，信封上寫有我兄弟三人及堂兄四人名字，我的土法煉鋼收到成果，七十八年八月接到二哥手書，是從阜新市清河門寄來的，得知在被掃地出門後，他帶著家人到阜新煤礦區工作，也得悉朝夕思念的慈母已謝世西歸了！我除了痛哭一場外，並將小兒名字由家遠改為念慈，以紀念慈母在未奉養、大去未送終，只能祈求在天的慈母想我忠孝難兩全。

斯時我從事教育工作，本擬七十九年暑假回去探親，然我卻於該年六月因膽結石動手術故未能成行，而延到八十年暑假由讀大二的女兒陪我夫婦回到闊別四十四年生長的故鄉。簡言之，是物換星移、人事全非。中小學的同學一個也未遇到，想我青梅竹馬的文定人，也無人可問。第一次回鄉時，家鄉人好像不大喜歡接近台灣回去的人，怕沾上黑五類的樣子。

我家的三合院已不存在，前面大菜園堆了個大土堆，後面的花果園已被他人建了房子，那是我生活十八年故居的寫景了。好在大姊、二哥、二嫂和堂兄嫂都在，據拙內統計晚輩有八十四人，分居在北京、瀋陽、吉林、法庫、阜新等地。

初到住在瀋陽大姊家，女兒被大姪女拉去住她家，初到那晚是擔任檢察官退休的大外甥請客，席開多少桌不知道，因住阜新二哥和么妹兩家人來接機，吃了大外甥一頓。翌日住在吉林和法庫的齊到瀋陽來看我們。在瀋陽待三天即由阜新么妹次子開車接我到阜新，翌日二哥帶我們到慈母埋骨的山上，我想整修墓地，二哥說不可，因在先母謝世時，正是那邊推行火化期，二哥打通環節，半夜偷著將先母佛體運到山上埋葬，若整修墓地，被人檢舉麻煩就大了而作罷。在阜新待了幾天，看見姪兒和外甥們都從事公職，生活都不錯，心安了。

次到北京二姪女家（大哥遺孤），姪女婿服務銀行，擔任局長工作。兒女都已嫁娶，三個外孫女皆嫁給商人，外孫則與清華大學一位教授獨生女結爲連理。它們都是有車階級者，每天載我們吃北京名產，逛北京各名勝地，在北京玩了幾天回台，結束第一次探親之行。

二次探親是民國九十年暑假，由兒子陪同再次返鄉，十年未見的故里人事物，有了很多改變與進步！而在各大城市有了公墓，得償我最大宿願。到阜新清河門，首先訂定公墓中最好的位置準備遷葬先慈佛骨，因兒子需返台工作無法久待，二哥說移靈之事由他辦，我回台後又寄去千元美金作移靈費用，是二次探親最大欣慰事。

三次探親是前年八月間，是全家總動員，我二老和女兒、兒子和兒媳，一家五口全去了。目的是叫兒子及兒媳去祭拜祖父母的墓。我已是九十歲的老灰仔，能否再回去不得而知，故在父母墓前大哭一場，當要起身時是兒女架起來的，又到二哥嫂墓前行了三鞠躬，謝謝他們對慈母的養老送終。隨到北京姪女處住幾天，老規矩是到各處吃玩。而兒媳初到北京，不免要到各處看看。女兒在美國進修回來時，就在北京一處廣告公司任職，北京有他老同事們，知她到北京時，多邀她吃玩。我二老只和孩子們一同看次奧運時的鳥巢和水立方外，多和姪女夫婦在家談家常。

三次探親三種情：我本是兄姊們的幼弟，現兄姊們都往生西土，我這老么變老大了！然老太爺要有老者風範，發了近五十萬的紅包，給第四代內外曾孫輩最多、給第三代孫子輩結婚的補送紅包、未結婚的預送紅包。不過，兒媳卻收了近一萬元人民幣紅包，還有項鍊玉鐲等禮物，她發了筆小洋財！回台後，兒媳要把禮物交給我們，我告訴她給她的歸她所有，我倆老所有也都是他們的。

簡言之，三次探親見聞很多，一言以括之，不是滅己的氣勢，顯他人威風，中國大陸實在進步太多太多！例如我家內外孫兒輩皆完成高等教育，家家有房住，戶戶有車，而且房子都是現代化裝潢，很多還不只一套，若夫婦都是上班族，各有各的車子，是我夢想不到的。我常勸台灣的親朋們，不要給子孫存錢，盡量供子孫讀書，把錢存到子孫們肚子裡，走到哪帶到哪。世間無論甚麼主義？在甚麼國家？有學識者可走遍天下，到處均可立足求生存。信不信由您自酌了。

寫於民國106年9月

憶——蚊子叮！

蚊子叮，她本姓文，由於她天資聰穎反應快，班上做各種活動時，言語或四肢碰到她一點，就像蚊子叮了她，馬上反擊。因此同學們給她起個綽號——蚊子叮！不過同學們不敢當面這麼叫她，但因我是班長，她是副班長，倆人在一起討論班中事時，偶爾會叫她蚊子叮，起初她會用衛生眼瞪我，以後也就習以爲常了。

我十多歲時，母親說已給我定了親。定甚麼親？漠然視之，依舊吃飯讀書玩，從未問過和誰定親？

初中畢業前半個月，一個星期六中午，蚊子叮在她回家的岔路哪等我，在我騎車離她不遠時，她喊我，於是我停下推著車走到她跟前，她說將車往裡挪下，免影響別人通過。我倆從國小畢業，未在一起相談過，我心裡雖想著今天她發甚麼神經？但仍依她指示將車往裡挪下。

兩人相視站了會，她始開口說我們快畢業，並黯淡說她不再升學了。我回句可惜，並問妳準備做啥？她卻大膽說，等著做人家的老婆呀！且問我升學不？我點頭說會。準備讀甚麼學校？考到哪就讀哪，我答，她點頭說也是。

我心裡在想，蚊子叮一向講話是有分寸的，但問她不升學，準備做啥？她竟大方地說等著做人家的老婆！似乎有點反常。我想探究她葫蘆裡賣的甚麼藥？隨問：「妳做誰的老婆？」她瞇著眼睛說：「那人呀，遠在天邊，近在眼前。」邊說邊從書包中拿出一用紅布包著的玉手鐲來，在我面前搖晃幾次。我問：「那鐲子很眼熟，誰給妳的？」她說母親告訴我這是未來的婆婆送的。她一語驚醒夢中人，因以前母親參加親友喜慶時，常帶手鐲的。但自從說我定了親後，未見再戴過那支手鐲。原來母親將心愛寶物，送給蚊子叮作文定信物了。

難怪蚊子叮敢大膽向我明示，她是我未來伴侶，我是她未來終身依靠的人。因雙方家長早給我倆定了百年白首的盟約，蚊子叮拿到玉鐲那刻就知道，而我是一直矇在鼓裡而不知的呆頭鵝！當知道母親給定的人是才貌雙全的蚊子叮，除了欣喜和高興別無可說，因她除天資聰穎外，還是位美人，五官清麗，氣質優雅，是天生的麗人！

世事無常，人生更無常，在親朋眼中視我倆是對金童玉女型情侶。然民國三十六年四月底家鄉淪陷，在老師們「國家興亡，匹夫有責」的鼓吹下，我們七十八位高二同學效班超投筆從戎。我離家在縣城讀書，從軍一事來不及通知家中，蚊子叮當然也不知情。

三十八年河山變色，那邊於十月一日建立中華人民共和國。我卻在十月底自陸軍官校畢業，於十一月一日當上中華民國軍官。一對情侶被棒打鴛鴦分離，她在那邊做怨女，我在這邊當曠夫二十五載。天意？人爲？無語問蒼天。五十六年軍職退休轉教職，五十九年寒假患場重感冒，同事們勸我爲了健康，找個老婆有人陪伴照顧，於民國六十年始和現在老伴結爲連理，在不惑有五六年完成終身大事。

三次回里探親，無處覓蚊子叮芳蹤，是我今生一大憾事。因蚊子叮生死未明，她若是在多難人間蒸發了，希望她的芳魂常到那岔路楊樹處走走，因在楊樹處和她定情的人，在萬里外異鄉，時刻都在思念她！

見刊於民國110年10月6日《聯合報》

閒話故鄉，年景習俗

我的故鄉在遼寧省西部醫巫閭山東方，徒步約二十多華里，故曰「二十里鋪」。習俗如下：

一、農曆十一月叫冬月、十二月稱臘月，小康以上家庭，臘月初一就開始過年了。家有伙計（長工）的，初一起要給長工加菜，增加食材加料，簡言之，就是比平常菜餚好些。

二、臘月初八，家家要喝臘八粥，多是糯米加紅棗、碎肉等食材，熬成粥給家人和長工共喝。

三、臘月二十三日晚，祭灶王爺上天，因灶王爺是一家之主，供品視各家經濟情形而定，灶神的對聯千篇一律是「上天言好事，下界保平安。」橫批是「一家之主」。

四、懸燈籠杆，杆高約五公尺，杆頂端綁松樹枝、特製鐵輪，輪上繩長比杆高兩倍多，是串燈籠升降用。我家升燈籠是我，降燈籠是我二哥。富有人家會在燈籠杆頂端裝有風鼓和響鈴，一颳風，鼓就自動打起來，鈴也自動響起來，彷彿是暗自比富有的味道？

五、臘月二十五做豆腐，一次用四斤黃豆磨成液體豆漿，點上滷水即成豆腐，每家做個五、六次，東北到處是冰箱，凍好後放在大缸裡備用。

六、殺豬羊，豬頭一定先供祖先，讓祖先享用，之後肉分弱勢、親友人家及長工，叫大家過好年。

七、除夕吃團圓飯，人人皆期盼闔家吃次團圓飯，長工則拿二斤肉、一塊年糕和紅包回家過年。除夕夜十二點接神，到處鞭炮齊鳴，響聲不絕於耳，接神後，吃餃子，子孫向長輩拜年，長輩開始發壓歲錢給子孫，小孩子們最快樂高興了，是眞的過年。到正月初五（破五）回來，破五日晚餐家家都吃餃子。

八、正月十五元宵節叫鬧元宵。鬧元宵不是一家的事，是全村的大事。有專人主持指揮全局，從正月十四日起至十六日。我只記得有約一百七八十公分直徑的大鐵鍋，裡邊放棉花籽及一種油點了火，由四人擔著到鄰村拜年，伴隨著架高腳的扭秧歌的隊伍，是謂「鬧元宵」節！

九、正月二十五日晨，各家都在自家院裡畫大圈小圈，中心點寫「五穀滿倉」。

十、二月二日龍抬頭，母親都給男孩子理髮，俗稱剃龍頭，天下父母心皆望子成龍也。新年是一元復始、萬象更新的好日子！我祝賀大家「新年快樂！」共同迎接新年新希望！

寫於民國110年2月

國家圖書館出版品預行編目資料

九五老人話滄桑／金國棟著. --初版.--臺中市：白象文化事業有限公司，2021.10
面； 公分
ISBN 978-626-7018-73-6（平裝）

863.55　　110014155

九五老人話滄桑

作　　者　金國棟
校　　對　金家寧、金念慈、呂亞琪
發 行 人　張輝潭
出版發行　白象文化事業有限公司
412台中市大里區科技路1號8樓之2（台中軟體園區）
出版專線：（04）2496-5995　傳真：（04）2496-9901
401台中市東區和平街228巷44號（經銷部）
購書專線：（04）2220-8589　傳真：（04）2220-8505
專案主編　陳媁婷
出版編印　林榮威、陳逸儒、黃麗穎、水邊、陳媁婷、李婕
設計創意　張禮南、何佳諠
經銷推廣　李莉吟、莊博亞、劉育姍、李如玉
經紀企劃　張輝潭、徐錦淳、廖書湘、黃姿虹
營運管理　林金郎、曾千熏
印　　刷　基盛印刷工場
初版一刷　2021 年 10 月
定　　價　200 元